Fetiches cubanos

Rosario Hiriart

Fetiches cubanos

Icaria ✸ Literaria

Diseño de la cubierta: Muntsa Busquets
Fotografía de la cubierta: Piedras-fetiches, pintadas por Lydia Cabrera
Ilusatraciones: Lydia Cabrera

© Rosario Hiriart

© De esta edición
Icaria editorial, s.a.
Ausiàs Marc, 16, 3.º 2.ª / 08010 Barcelona
icaria@icariaeditorial.com
www.icariaeditorial.com

ISBN: 84-7426-715-3
Depósito legal: B-19.698-2004

Impreso por Romanyà/Valls, S.A.
Verdaguer 1, Capellades (Barcelona)

Impreso en papel reciclado

Impreso en España. Printed in Spain. Prohibida la reproducción total o parcial

A Margarita y Eugenio del Busto

*(por tantas cosas perdidas
y el repetido encuentro
donde coinciden nuevos hallazgos)*

Índice

Pórtico 9

Amado zunzún 11

¿Es erótica la sensualidad? 19

Ángeles, caricias y pintura 23

Pájaros de la noche 35

Manos de América...................... 43

Mañanas de baile entre la luna y las parcas
en mis ciudades 55

A Eloísa Lezama Lima 65

Sobre, desde Francisco Ayala.............. 77

Para, con Guillermo Cabrera Infante 89

Cartas entre dos amigas 99

Post scriptum......................... 123

A modo de epílogo 125

Pórtico

La palabra fetiche es fácil de entender y no necesita explicación. Un pórtico sobre el asunto resultaría algo absurdo porque según algunos en mi lugar de nacimiento pertenece al terreno de lo considerado como *peligroso*.

Para los cubanos los fetiches o lo que la mayoría tiene como tales, son otra cosa. Seres que viven con nosotros. Llegan a ser parte de la familia. A veces viajamos con ellos. Pensamos que nos cuidan y liberan del *mal de ojo* y no buenos deseos.

¿Santos u Orishas?

Si eres creyente en este ritual, puede que sus múltiples significados te lleven a secretas ceremonias e iniciaciones.

Hablo no de lo que profeso (aunque la moda entre mis paisanos sea declararse practicantes y hasta babalaos), menciono lo que conozco bien y aprendí de autoridad mayor: Lydia Cabrera.

AMADO ZUNZÚN

(a Esperanza de Varona)

I

El zunzún es un ave propia de la Isla de Cuba, especie de colibrí. Hay quien asegura que su nombre es de carácter onomatopéyico y obedece al zumbido que producen las pequeñísimas alas en movimiento de vuelo incesante. Este pajarito de tamaño diminuto es conocido también de forma popular como pájaro mosca. Su pico es largo y débil, se le califica como «verdadera joya alada de la naturaleza».

¿Me detuve mirando al animalito insectívoro? ¿Lo trajo a la memoria la pantalla a través del televisor o fueron fotografías del *National Geographyc*? Puede que así fuera. Aunque quizás no. Cierto que el ave puede pasar desapercibida por su tamaño y dudoso provecho comercial. El gozo que me produjo cada vez que pude contemplarla era de carácter estético. Su vuelo misterioso se incorporaba a la visión que en fecha reciente tuve de unos cuadros extraños y llamativos. El autor de estas pinturas es un ruso (están muy a la moda los antes odiados rusos en el Nueva York de hoy), nacido junto al famoso puerto marítimo del Mar Negro en la vieja Ucrania; vende, cuanto exhibe, a precios increíbles.

Confieso que observar sus imágenes de mujeres rellenitas y rubenianas o bailarinas delgadísimas de brazos extendidos en posición alada, colocadas junto a frutas y animales de tamaño descomunal; puede despertar en el que los contempla impresión parecida a la sorpresa-desconcierto que en su momento de triunfo nos causó el colombiano Botero. En Wifredo Lam, cuya obra como es de suponer me resulta más cercana, viene a la memoria el homenaje que quise rendirle en «La jungla». Wifredo pintó dos versiones distintas con idéntico tema y título. Conocía la del Museo de Arte Moderno de Nueva York pero cuál no sería mi sorpresa al encontrar el otro cuadro en el Reina Sofía madrileño. Recordé por mención anterior de sus dueñas, la pintura desaparecida de la casa de Lydia Cabrera y María Teresa de Rojas. Sobre su trabajo y el autor, dije entre otras cosas:

> Este hombre se nos acerca en ventarrón de rostros multiformes. Deseos primitivos y próximos estallan en melodía de color. Espacio capaz de borrar el horizonte en repetidos caprichos de infinito movimiento. Tubas lejanas, milenarias, parecen sacudir a compás de baile caderas de mujeres dormidas en el fondo de los bosques. Soles de rizados cabellos aíslan las facciones que preñaron su semblante. Misterio detenido en sus manos. Luz del Caribe mágicamente filtrada a través de buhardillas parisienses. Frutos del trópico. Banquete de aromas y embriaguez de añejos rones bebidos en clásica fiesta de pinceles. Surrealismo tuyo: ventana ante la que nos obliga a desdoblarnos en paisajes nuestros. Grietas por las que asoman sueños vegetales. Árboles, fauna y hombres en danza lujuriosa extrañamente serena. Viaje a horcajadas de senos transfigurados en corceles que a su vez, son huella de jinetes prehistóricos.[1]

Sabemos que en él hay mucho del catalán afincado en París (amigos en su época), pero Lam asoció el cubismo a la magia negra y los Orishas. Aquel chino-mulato creyente o no en ritos y misterios, llevó a la plástica una belleza múltiple y fascinante. Tropical pero sin que podamos indicar con certeza de dónde. No tuvo como intención retratar lo arcaico hecho nostalgia: nos volcó a una nueva realidad maravillosa. Cobró vida lo antillano en un establecido diálogo intercultural con la vieja herencia y su nueva sustancia. Desarraigo que superó lo caribe y remontó lo abakuá.

---

1. Rosario Hiriart, «La jungla de Wifredo Lam», *Albahaca*, Edics. Libertarias, Madrid, 1993, pp. 30-32.

Paleta dando color y creando formas en él. *Jungla* que se adhiere a la piel. Sensación de tatuaje. Hizo hablar al lienzo blanco con palabras desenterradas del fondo de ancestrales tinteros negros. Carbunclo enloquecedor. Encerró en el *rumor de la tierra* a míticos dioses pájaros. Santería indescifrable. Sus pezones y ombligos sobrevuelan un mar mulato surgido de flechas circulares e imposibles. En aguas de anteriores transparencias fijaste un altar para Yemayá. Los dedos eternizando la oración amarilla que —según Lydia—, nos dará protección:

> Yemayá Olokún atara mawá Oyu bedeke o ma won, ba li ko si sere Iyá Omío.

Música de Ernesto Lecuona interpretada acaso por Fajardo o escritura de muchos de nosotros que se transforma, recreada, entre Cervantes y Eleguás. El arte escapa a toda dimensión lógica y por su magia se hace voz en feliz armonía de elementos. Estribillo inolvidable y pegajoso cuando está conseguido, recuerdo efímero si es feto abortado. La pintura y la música nos llegan con su efecto inmediato. A la palabra hemos de acercarnos conociendo que no podemos arrancarla del fatal conjunto de su contexto.

No parece cambiar en esencia la mujer pintada ni las circunstancias más o menos presentes a las que obedece en definitiva la mano del que maneja el pincel. Todo aquello que tiene el artista como saber previo, llegará a la obra. La naturaleza con su enorme riqueza y diferencias de clima, países y cultura, nos acompaña siempre en viaje constante de la sangre. Se nos impone. Está ahí, su modo y ser nos forman, conformando en definitiva la creación individual.

II

El ruso de Odesa: Ilya Zomb, emigró a Brooklyn huyendo, repite, del ambiente opresivo; buscando libertad de expresión. Jirafas, elefantes, peras y limones, acompañan a sus mujeres en servicio de danzas elocuentes. Sugerencia de movimientos eróticos, inocentes y magníficos. Fantasía inexistente o real, embriagador éxtasis que produjo entre los muslos la imposible trompa del paquidermo o el cuello moteado de la jirafa: incongruente. Establecí una desquicida relación entre la fauna de lugares tan remotos en la geografía como extraños al propio sentimiento.

En mi raíz, isleña y tropical, aquellas obras pictóricas despertaban la imagen del zunzún. Juego inolvidable. Esa lengua delicada y persistente que sin aparente cansancio o a pesar de él, se extendía en ceremonial saboreado y gozoso. No fue tallo espinoso de rosa colérica en mediodía de avispas punzantes. Recuerdo la respiración tornasolada de un sol de caricias en ratos de encantamiento. Esperamos a que escapasen todos los cazadores del amanecer. Mientras, yo incliné la frente como musulmán ensimismado en la oración a la que llama el imán desde la mezquita al llegar a la total entrega en aquella larga e inolvidable medianoche abismal.

¿Minutos u horas trascurridas? Cristal de talla fina con su transparencia delgada en la que se me ocurrió servirte vino por no tener champaña en casa. Sin instrumentos de música a mano, tembló la cítara cuando te negaste a tararear la canción que tanto me gustó ese mediodía de aquel concierto para el que no sabemos quién, nos extendió invitación. Lo recuerdo porque de pronto y entre risas, decidimos no ir. Andábamos ocupados persiguiendo una fuga creciente de suspiros que deambulaban por aquella ciudad envuelta en plenilunio de mantos sagrados.

Entonces, paseando por el pórtico de una catedral muy parecida a las de Portocarrero, te hablé de la mía: aquella Habana anclada en la memoria luz, donde te juro que no caen las hojas y ni siquiera cambia la estación. La sentía fuerte. Un zumbido de lengua de pájaro rozaba mi costado y al estremecerte, la palpé. ¿Serían olas del mar las que imprimieron movimiento a mi cuerpo? ¿Ligereza o pesadez a que nos forzaba la arena al recorrer la playa?

No, era un flamboyant de este hoy que sin presente sigue teniendo fe en un mañana seguro y próximo. ¿Qué digo?, inmimente:

todo sucederá a pesar de que tú, mi Isla, quieta como las hermosas del ruso de Odesa o las hembras mulatas de Lam, sigas bajo mandato perverso en extraña pereza de mujer rendida.

III

Las aguas invadieron los rincones y dejé de sentir dolor en las pestañas. Volví a mi novela y te leí un capítulo. Observé tus lágrimas y no pude creerlo, te ataban las palabras. El cuerpo como caracol imaginario se enroscaba en una inmensa mano de marfil hasta obligarme a perder la palabra. Concentré entonces toda la atención de que soy capaz en inútiles preguntas interiores. Recordé de pronto un viejo escritor que sólo sabía observar a las mujeres de perfil, al menos así las describía; sospeché siempre que como tantos otros del género, en realidad nunca las conoció por dentro.

Escucha: desearía pedirte que no sufras porque al final nosotros nos entenderemos. Toda lluvia (en mi país de origen llueve muchísimo y de forma torrencial), termina borrando las huellas de los hombres. Huellas pero no sus nombres de comerciantes o turistas indignos. Su rastro no quedará. Ni siquiera su sombra entre el gesto amargo y la tregua de una escolta a precio de sangre. Serán abandonados al desprecio del ocaso con los cuadros, joyas y bibliotecas adquiridos en subasta de gangas al extranjero, idas y venidas para aprovecharse del dilatado remate. Liquidación total para aquellos exiliados que sin escrúpulos, pueden y compran: ¡Cuidado! Ésos, han sido fotografiados en daguerrotipos que serán colgados en galerías de exposición. Se les exhibirá cuando corresponda. En el momento que las agujas del reloj, imperdonables y acusadoras, ejerzan oficio. Administrando como en el pueblo escogido: todo debido castigo que demande la memoria colectiva.

Sé muy bien que aumentaron tus gemidos junto a los míos, pero no temas. No olvides que llegamos a la gloria y se repetirá el encuentro al cerrar el mar su penúltimo oleaje de una tarde de verano. No existe la falsedad de cuentos lunáticos repetida en cantos de malos poetas que son por lo regular peores prosistas, yo que sólo aspiro a dejar escrita nuestra realidad: siento en forma existencial el frío único del pez que busca por los ríos de mi Isla, su destino.

No he querido narrar lo inasequible: dejé los puntos negros encerrados en su inmensidad negra a la poesía de Franqui. Ni siquiera menciono lo religioso que en la noche sensual, siempre nuestra, queda en canto de Gaztelu. No es necesaria la narración del folclore porque está en las páginas de Alzola, ni lo negro ceremonial ya en volumenes de Lydia y los Castellanos. Aquellos de nuestra tierra capaces de una escritura válida dan testimonio en libros impresos al igual que los pintores en sus telas: reino de color e imágenes como fruto de la herencia mezclada que nos dejaron. Alguna vez paladeo textos y cuadros-joyas. Cábala cifrada que sabe recoger la luz al vestir de música las tejas besadas por la lluvia.

Ese día que llegará para todos juntos: mujeres azules vestidas con trajes de plantas isleñas, escondidas entre las hojas y gallos ocultos en la jungla, saludarán a la Señora de Regla:

«Iya nlá, Iyá Oyibó, Iyá eru, Iyá, mi lanú».

Mi único deseo, sin atreverme a llamarle logro es pregonar que nosotros (aunque nadie entienda), hemos vivido crepúsculos de noches crecidas, alumbrados por irreales lámparas de criaturas erectas: pico maravilloso de pájaro mosca, zunzún de mis recuerdos. La sensación me llegó, clara y precisa:

visitaba un museo cualquiera (¿lo recuerdas o ya lo olvidaste?) Sucedió hace muchos veranos o quizás fue este invierno. Ahora, ignoro el lugar y el porqué. Entraba de nuevo levemente impulsada pero sin descanso ni prisas, la lengua: desde el paladar a los muslos. Todo fue un sueño carente de realidad concreta o ¿vida íntima que preferimos callar? ¿Quién puede saberlo? Queden las últimas voces para una noche próxima en que tú (que esto lees), seas capaz de vivir a plenitud de una boca a otra boca, repitiendo junto al que amas esta historia: a todas luces, ficticia.

¿ES ERÓTICA LA SENSUALIDAD?

Muchos creen que el clima en las islas del trópico o subtrópico es una constante invitación a la sensualidad.

Los colores de las flores son a simple vista más lustrosos, la hierba es rica y muy verde. La pulpa de los frutos se hace dulcemente jugosa. La naturaleza, el hombre o mujer que allí nace tienen, al igual que su música, ritmos y ser que difieren de los europeos:

> Isla mujer,[2] te abanica el mar,
> te despeina el ciclón
> de noches mojadas en ron,
> al vaivén de la caña
> se desdibuja el contorno
> de tu piel, paisaje eterno
> asomado entre bocanadas
> de aquel tabaco
> vueltabajero
> que cosechara mi abuelo...

---

[2]. «Isla, mujer», título de 6 poemas en prosa publicados en *Con Dados de Niebla*, Huelva, 1988; «Las Ediciones De J.C.W.», Huelva, 1990; Albahaca, Edics. Libertarias, Madrid, 1993. (Pueden observarse sucesivos cambios en el estilo/escritura de los poemas)

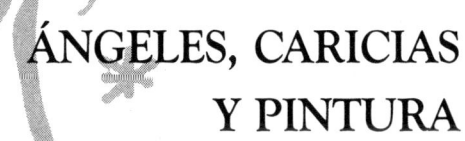

ÁNGELES, CARICIAS Y PINTURA

(a Enrique Mir y Sergio Sánchez)

I

Los que deambulamos en este mundo de la escritura conocemos bien las eternas discusiones sobre todo entre poetas, acerca del sexo de los ángeles. Recuerdo divertida una agradable noche en el «Círculo de Bellas Artes» de Madrid. Leían entre otros dos queridos amigos y me acerqué a escucharles. En un pequeño estrado habían confeccionado una especie de trono lleno de plumas de verdad que se les adherían a las respectivas chaquetas y pantalones. Esto no es cuestión de bromas, tuve que ayudarles al terminar el acto (antes de irnos a cenar), a sacudirse la parafernalia del montaje. El presentador era un elocuente narrador vestido de ángel, con alas y todo. Invité a una profesora amiga que me comentó: «Rosario, me dijiste que se trataba de poesía y es una obra de teatro». Intenté explicarle pero hasta el día de hoy, sospecho que no he logrado convencerla del todo. Aquello quedó muy bien, al menos la parte de mis amigos andaluces porque los dos, además de escribir buenos poemas, saben leer.

Luego de reírnos un poquito y brindar con un par de copas por el éxito nocturno, se planteó una vez más el dichoso asunto del sexo de los ángeles. Nada, y debemos creerlo (según la docta disertación en la que participaron no pocas cabezas tenidas por sesudas y más de un poeta celebrado por sus rimas): los ángeles no tienen sexo pero eso sí, son la mar de inteligentes. ¡Cuánto saben los divinos angelitos de caricias! ¿Qué más se puede pedir de una sola noche? No sólo recibía lección, asistimos a una lectura muy amena, me enteré de chismes divertidos y se llenaba la cabeza de buen material para no pocos sueños. Se hizo tarde pero debo aclarar, tarde hasta para Madrid que ya es decir: a casita, segura de que Jorge llamaría cien veces. Por supuesto entre mi irrefutable decisión de marcha y la partida real quedaba como siempre ese último rincón en el que detenerse. Justo a la vuelta de la manzana: «muy cerca mujer para despedirnos con la del estribo.» Andando. Luego, bastante más tarde, me acompañaron a la puerta y yo sonriente y cansada, me fui a dormir.

Seguro que no soñé ni visitaría mi imaginación esa misma noche, ningún ángel; ahora bien, en la memoria sí hay chispas dispersas o ¿serán lecturas? No, de seguro anécdotas que una va acumulando y casi parecen al final la propia realidad. Paco Ayala me dijo siempre en New York University que esa señora, Dña. Realidad, se queda pequeñísima, enana (como la que descubrió su nieta en un ascensor de esa ciudad cuando era aún una niña). Simples boronillas —diría yo—, al lado de la ficción. Resultan como esas parejas que se ven sobre todo en el sur de Italia: hombres bajos, enanitos, desposados o paseando con sus bracitos alzados agarrando la mano de mujeres más altas. ¡Qué digo!, gigantonas. Bueno, la verdad sea dicha, a la hora de invertir contante y sonante (algo tienen que aprender del norte. La nueva República de la Padana, porque después de todo son quienes envían liras al sur): saca la mayor cantidad de volumen si en definitiva te costará lo mismo. —«Calne, Mamá, calne»—, como dicen que gritó el Paquirrín en un concierto cuando su mamita lo llevaba casi en brazos de gira por esos mundos. En mi tierra decían las señoritas: «caballo grande ande o no ande». No lo tengo tan seguro porque hay que pensar y, ¿si no anda? Sospecho que ya se arreglarían, los recursos nunca faltan. Quizás sea cuestión del mal ejemplo con aquello de don Miguel y «El viejo celoso», aunque tampoco deba opinarse sobre si esas niñas habaneras estuvieran en lo de leer, puede más bien que fueran desde siempre, asuntillos del cundeamor americano.

II

Por ahí va la historia. Subí mi escalera, puse o no puse la televisión, siempre nos relaja (que se dice ahora), antes lo del relajito se entendía diferente, como lo de la fama cuando se lanzó el loco a los caminos. Digo que los programas están de asco y miedo. En Nueva York tenemos muchísimos más canales pero todo va igual, de tal gusto que pierdes el sueño. No es de tirarse a lo desquiciado con lo de «vaya, y será pesada la criatura, bueno decídete: ¿sí o no?, ¿ahora o después?» Nada de esto, por favor. El aleteo comienza suave, no crean tonterías, nunca han disfrutado más los que cuentan con rapidez y tienen mayor número de bolitas, como si de ábaco propio se tratara; ¡tontos de remate! Eso no es un fenómeno numérico. Hay que entender e inventar nuevas formas u otro estilo de hacer. En lo que toca a las letras no discutamos, sería ridículo. Fue Rubén quien transformó la situación anquilosada aquí y allá.

Entre todos vaya numerito que se han montado. Un continuado repetirse en lo mismo, contando puras anécdotas personales e idénticas situaciones: que si lo hice así o asao y si lo mío mide tanto o más cuánto. Tienen que crear algo distinto. Exprimir la imaginación en lugar de ponernos el video del viajecito. Menos repetir imitando pero por Dios usar algo exótico, ¿chinerías o japonerías?, lo que fuere pero más interesante; porque se cansa la gente normalita de tanto sexo barato, aburrido, crudo.

Páginas van y folios vienen, todos ilegibles y no es mojigatería porque de poco se escandaliza nadie a estas horas. Acaso no han tenido tiempo de leer a los clásicos o quizás no se enteran. Esto que además mal cuentan y peor escriben, pasa; es agua que no mueve molino. ¿Recuerdan lo que hizo el poeta?: no fue edicto, carta recogiendo firmas o renuncias, ni siquiera condenas. Escribió. Cambió. Nos llenó de aromas y silencios. Habló en su pluma y cantaron los ángeles desde esas maravillosas moradas que todos hemos atravesado alguna vez (y los que no entienden ni lo han vivido, ¡lástima de ellos!): «La muerte de la emperatriz de la China». ¿Y antes, mucho antes, qué decir de la muerte en los místicos humanos?, pequeña muerte.

Aquel gran poeta poeta nos produjo trastorno, bien sabe cada cual la lección salomónica: no hay nada nuevo bajo el sol. Hasta yo sin desearlo siquiera fui causa de cierto escándalo entre mis colegas (sospeché que era cuestión de irse a los curas con la historia. Son harto conocidas las buenas relaciones de amistad entre los catedráticos. Para colmo en esa época enseñaba en una universidad católica (ya se sabe), además de los autores más recientes me reservaban el Siglo de Oro y por lógica pensé que resultaba fácil recurrir a lo cotidiano, así haría entender a mis alumnos:

> (...) cuando yo sus cabellos esparcía,
> con su mano serena
> en mi cuello hería,
> y todos mis sentidos suspendía.
>
> Quedéme y olvidéme,
> el rostro recliné sobre el Amado;
> cesó todo y dejéme,
> dejando mi cuidado
> entre las azucenas olvidado.

III

Ángeles sabios ¿fueron sus manos?, estremecedoras sensaciones. No era necesario encender la luz para mirarles, la presencia estaba en la caricia lenta y cuidadosa. Bodas repetidas de preparación cuidadosa. Tarde de mis noches. Peldaños sin mármol que me llevaron a sentir camino adentro, entre labios tiernos asidos a los míos. No me olvido. La canción repite el estribillo que pusiste en la radio. Pasaron, me confiaste, siete horas que se me hicieron una. ¿Diste comienzo a la sinfonía en mis brazos o en la boca? Sólo recuerdo el *allegro moderato* que *andante* nos condujo al *finale vivacissimo*. Un ángel llegó hasta los muslos y los palpaba en ala de temblor florido. La noche en Salamanca, ya distinta, fue graduación de universidad antigua, milenaria. No te asustes, eran manos de hambre avariciosa, de hembra suave, de hombre conocedor de placeres aprendidos en libros de crónicas antiguas. Ciencia espontánea, mujer en espera de la ley sábatica que al reunirnos, hace fiesta.

Esa vez llegué al atardecer. Al crepúsculo se dan mis horas y abandonos preferidos. En gesto vestido de ternura, quedó abierta la blusa de manteles nuevos, anuncio profético de ágape glorioso. Me estrené junto a la novicia, profesamos cuando alzó vuelo el ajustador de pico amarillo que hasta las horas de aquel reloj falto de manecillas había asistido, cual testigo mudo, a mil y una noche de cenas constantes e insípidas donde una y otra vez, los pechos de tantas mujeres se quedan sin postre. La dulzura rellenó el camino. No tuvimos que ir en busca del aceite que faltó a las vírgenes necias porque prudente corrió sentado en las piernas del amor herido. Sólo Él sabe y tiene presente cuánto te amé y me has querido. Es mi secreto porque sigue siendo entrega.

No quisiste divulgarlo en tu pintura ni yo escribirlo. Decidimos no hablar de los cuadros. En su lugar compramos un jarrón de cerámica blanca y virgen, hermosísimo; donde el artista debería dibujar el paisaje completo, con todos los movimientos. De abajo hacia arriba pasando por los puntos cardinales de la seda, en el detalle florido de la espalda del biombo que hice confeccionar para el comedor de casa. El fondo es de laca negra pero no quise que nos diseñara flores de loto, ni siquiera reprodujera el azul desfalleciente de los extraños para mi gusto, estuches de lejano encierro. No existió el mirlo cantor, tampoco intrepetó el piano concierto de Chopin, tú aprendiste música de oído; ¿hubieras deseado tocar la guitarra que tenemos en el piso bajo o el violín que despeinaba tu padre? Al imaginarte vivía temiendo que se me escaparan los besos. Sí despeiné tus cabellos con los míos y llegue a prohibir el ocultismo de cuchillos hípnicos porque detesto las chucherías que te gusta almacenar en cajitas inútiles. Volví a insistir en mi empeño: el artista reproduciría en colores fuertes y exquisitos a los Orishas. Los misteriosos seres asexuados del Panteón lucumí. Le rogué que fuera fiel a mi descripción. Lo colocaríamos en la sala, su jarrón sobre un pedestal. En lugar visible para que fuera capaz de devolver con sus poderes a nuestra tierra, libertad, paz y comida, pero no sólo Orishaoko su trabajo debería ser amplio, le hablé del conjunto: Orisha bogbó.

Representados sobre todo por mulatas, llevando frutas en las manos. Hembras de pechos como guanábanas alegres de fino bamboleo que jamás pudo cantar el propio Julio con toda su magnífica venta de discos. Caderas de hombres elegantes y desnudos; cuerpos azucarados sumergidos en gemidos de melaza y quejidos de llovizna que llegan como piedra al arco perdido cen oscuro labe rinto que semeja detenerse en el tiempo sin límites de todas nuestras noches.

Por escrito, le di instrucciones exactas de suma precisión: debería contrastar —tal y como llegó a lograrlo—, el sol dorado y quemante de los eternos mediodías isleños. Me impresionó el detalle del cuello de las diosas. Semejaba fina tapicería tejida con esmerada lentitud. Estaba confeccionado con tal mimo que podría ser destinado a los ciegos: como obras para imposible o probable goce de las manos (las suyas eran alargadas y blancas. Un negro religioso, babalao conocedor de la «Regla de Ocha»; se movían con suavidad y suma delicadeza. Cuando iba a visitarle pronunció más de una vez palabras raras que tenían características de ritos ceremoniales), las colocaba como palomas quietas sobre su cabeza o en vuelo ligero e imperceptible parecía posarlas sobre el pecho. Le llamaban «el albino». Conocí varios individuos como él. Negros de pigmentación blanca, despertaban hasta cierto punto la atención. Se decía que tenían ojos en extremo sensibles a los efectos de la luz y ante los rayos implacables del constante y justiciero sol, pienso desde mi hoy que sufrirían al igual que los rubios de ojiazules traslúcidos expuestos a los temibles flashes de las cámaras fotográficas que tanto tú como yo, detestamos.

¿Sería por esa piel la tan ganada fama que disfrutaba? Acaso ésta era debida a su profesión que ejercía con maestría o las prácticas adivinatorias que me dijo poseer. Lo que sí tengo presente es que mi mente lo asoció siempre a lo irreal. ¿Qué álito, ángeles o espíritus habitarían de verdad dentro de aquel ser? ¿Qué piensa la persona que amamos? ¿Qué sabemos en verdad de ese otro? ¿Rocío o llamarada?, espejo que devuelve tus nombres, todos los que te regalé por el cumpleaños de la noche de estreno. Nunca te pregunto si me quieres, lo intuyo en los ratos dormidos en que me siento cerca pero lejos, desamparada y sola, abandonada al silencio que necesita mi trabajo de libros desflorados que nunca llevan santos.

IV

El pincel produjo trazos cercanos a los divinos de los siete días reproducidos en diferentes épocas por artistas de cada una de las escuelas pictóricas cuando han querido dar lección. De tal belleza y exactitud que cuando al final pude verlo, pensé: «este jarrón tiene alma propia». Confieso hoy mi susto. Allí, en ese increíble paisaje que sí puedo jurar que existe porque lo conozco bien, yo no fui de visita en busca de nada ni nadie. Al ritmo de sus olas me engendraron, una hija de mambí, con sus manos, acunó mi infancia. Pero mi narración de los hechos debe regresar (como tantas veces hicimos nosotros), al punto exacto. El día inolvidable en que ya terminado, decidió el maestro entregarlo. Pidió que fuésemos después de la caída del sol. Me alegré por el insoportable calor que nos producía inquietud y desasosiego en su cerrado cuarto de trabajo. Con mayor esmero o simple exageración, el estimado albino se deshizo en atenciones:

> se detenía en innecesarias ceremonias que si bien dilataban mi ansiedad, ponían color y misterio a la escena de aquel velado estudio que se empeñaba, nunca entendimos por qué, mantener siempre en penumbras. El salón parecía estar lleno de flores, ¿sería sensación dejada por el rastro de los ángeles?, lo supe por el olor a rosas y los pétalos que sentí entre los dedos al entregarme la taza de café...
>
> de costumbre me obsequiaba con una tacita fuerte y aromática. En esa ocasión y no explicó sus motivos, había colocado pétalos que creímos distinguir como amarillos, en el delicado platito de su vajilla...
>
> miré hacia el frente. Al jarrón lo cubría una especie de tela finísima que a contraluz, emanaba pálidos reflejos de color dorado. Me levanté para verlo y retirar el velo pero un gesto suyo, inesperado y firme, lo impidió. Tendríamos que consultar algunas cosas. Recuerdo mi impaciencia y contrariedad pero pensé que era mejor obedecerle. Nos miramos. Acepté.

V

Formulaste alguna pregunta, hizo señas de guardar silencio mientras daba comienzo a una especie de bendiciones moviendo sus manos. Invocó a Olodumare y procedió a «refrescar» el saloncito. De todas sus palabras sólo guardo la recitación del final: su oración a Eleguá. En una primorosa mesa que nos quedaba próxima había una pequeña estera o mantelito. Observé, allí estaban colocados los instrumentos necesarios al Dilogún,[3] 21 cauris; cogió con cuidado sólo 16 de entre aquellos caracoles y ya en sus manos los sopló para transmitirles su aché. Una vez frotados, me los pasó por la cabeza, los hombros, la mitad del pecho, las rodillas y los pies. Luego de todo este hacer que ya me sorprendía y preocupaba, los tiró sobre la estera y se dedicó a leernos lo que deseaban comunicarnos los dioses. Interpretaba según cayeran hacia arriba o boca abajo. Mi memoria lograba recordar apenas dos de las doce letras: la 4, porque me aseguraba haber nacido el día de los Ibeyes y la 7, debido a que según él y hasta la propia Lydia: yo soy hija de Yemayá.

Terminada su narración y largas explicaciones, hube de tocar el mantelito y besarle las manos. La escena quedaba muy lejos del espectáculo. No era asunto de juego sincrético entre el puertorriqueño Walter Mercado y el Rapell de la televisión española. Debo dejar dicho para ser fiel a la realidad que con tanto lío y jaleo de ceremonias y palabras, por unos instantes me sentí transportada o confundida. ¡Dios!, caía en la cuenta; casi había olvidado el motivo de esta última visita (porque jamás volví a ese recinto medio encantado por ángeles o espíritus extraños). Regresé a mi propio mundo de la consciencia: ardía en deseos de contemplar nuestro jarrón que con sus creencias, algo absurdas y para mi extrañas, nunca me dejó ver antes del día propicio a la entrega.

---

3. Para mejor conocimiento de los hechos ficticios que acerca del «Dilogún» encierra este relato, puede consultarse a Lydia Cabrera: Koeko Iyawó: Aprende Novicia, «Prólogo» de Rosario Hiriart, Capítulo VI, «Dilogún: Adivinación por medio de los caracoles», Miami, Colección del Chichereku en el exilio, 1980.

VI

No fue necesario encender luz alguna. Quizás el mecanismo prodigioso que conforma la cámara de los ojos, les hizo posible acomodarse a la penumbra. El maestro albino se puso de pie y con estudiada ceremonia retiró la gasa para permitirnos observar la maravilla: quedé paralizada unos instantes. La exquisita pieza ante mis ojos (jarrón o vaso sagrado, altar de las constelaciones): ¡Señor!, ahí estaba el secreto a voces. Tú de cuerpo entero, nadando mi isla. Tus manos aladas, ¿llegaste a ceñir mi cintura o no fue cierto? Recuerdo con claridad. Lo miré en su conjunto. Dímos varias vueltas alrededor del pedestal. Volví a fijar mi atención en cada uno de los detalles. Medité. Ignoro si pasaron instantes o me detuve varias horas. ¡Caridad del Cobre!, ¡Santos Ángeles Custodios! Pintó aquellos minutos en que me trajiste las palmeras en un barco colocado en tierra de secano. ¿Cómo pudo percibir que al llegar la invasión de las aguas del Mar Rojo, me hiciste cruzarlo sin temor y entonces, sólo entonces, olvidamos la última palabra porque ya, toda mujer, había llegado más allá de mi propio espíritu?

VII

Al ponerme de pie, sentí angustia. Los extranjeros que nos visitarán, los amigos, al saber de nuestra vida privada, íntima hasta para la propia familia (¿familia de dónde y de quiénes?), se burlarían sin entender.

¿Fue acaso que de pronto comprendí?

¿Querría detener la envidiosa maldad? ¿Todo se redujo a un simple gesto de ligero tropiezo con mis manos? No. Los Orishas: tú sabes que me protejen. Una entrega de Lydia antes de partir.

El jarrón cayó al suelo con estrépito y una música discordante remontó el silencio.

Tú reíste como si nada hubiera pasado. El maestro y yo semejábamos ángeles lívidos y trémulos (a mis oídos llegaron notas de coros angélicos, ¿nos acompañaban los alados seres de los poetas? Lo ignoro). Te miramos estáticos:

> en el suelo, fruto del descuido de mis manos, quedaban las joyas del secreto guardadas para siempre. Dormidas en la habitación oscura y muda de la memoria. No tengo porque hablar a nadie sobre ello. Mucho menos, contarlo.

PÁJAROS DE LA NOCHE

(a Andrés Candelario)

Se suceden las formas.
Un prodigio de luz y de color me habita.
En mi alma se mueven
grandes mundos que buscan su palabra
para llamarse algo y no sólo materia.

Carmen Conde

I

Este invierno se nos hacía largo, interminable. Cada vez repetimos lo mismo, deberíamos escapar en esta época hacia el Caribe. Luego, nada. Mucho trabajo, compromisos o apatía nos retienen en Nueva York: seguro que falta poco, muy pronto terminará el frío y volveremos a la blanca añoranza de la nieve. Aunque este año, la verdad, se ha pasado lo suyo, ¡vaya temperaturas!

¿Decidimos emprender camino? El avión cruzaría Puerto Rico hasta una de las pequeñas islas antillanas. Hay que plantearse el viaje: resulta largo y como tú no quieres o puedes dejar la oficina más de una semana... Bueno, veremos. Sin remedio, hay que pensar con cuidado.

Un lugar de paz, tranquilo, el hotel frente al mar sin necesidad de desplazarnos demasiado pero que tampoco signifique un encierro. Evitar esos complejos turísticos de recreo, únicos y aislados. Lugares a los que acuden los que desean jolgorio en pequeños o grandes grupos. Ni pensarlo.

Fue experiencia que tuvimos un verano de vacación desastrosa. ¿Recuerdas?, salimos escapando y al final quedamos sin descanso posible entre uno y otro cambio de vuelo. Nos gusta leer, caminar por la orilla de la playa, bañarnos en aguas calentitas y mirar una vez y otra, las olas.

II

—¡Escucha Jorge!, todo está oscuro y qué extraño, escucho cantar a los pájaritos.
—Ideas tuyas, los pájaros no cantan de noche.
—Hombre lo sé, pero deja ahora la maleta y escucha un rato en la terraza. Oigo...
—Termina de una vez para poder bajar a comer algo.
—Bueno era sólo un par de segundos. Si prestas atención los puedes oír.
—Mira, con la demora del aeropuerto teníamos deseos de llegar, imaginas tonterías.

No me esperaba la desilusión. Los pájaros no cantan de noche, eso está clarísimo pero me había olvidado: en Puerto Rico y las diminutas islas de esa zona está el «coquí». Llenas de coquíes. Emiten un silbido, una especie de canto fino y agudo que repetido semeja al de los pájaros. Son realmente unas ranitas que todos creen propias de Borinquén. Hoy se pueden escuchar en las Islas Vírgenes (estábamos en Saint Thomas), y también si mal no recuerdo, en Venezuela.

Daba lo mismo, ahí estaba el Caribe. Mañana temprano podría contemplar desde el balcón, el mar. Sentimos en la noche la brisa y el olor. Un olor a trópico. Sobre nuestras cabezas, ¡Señor! qué cielo tan límpido y llenito todo él de estrellas que brillaban con atrevido resplandor. Nos inundaba en forma repentina no ya la primavera, era una sensación de regalo.

III

¡Cuánto misterio encierran la palabra y la vida!, se cumplía, haciéndose nuevo, el sueño de una noche de verano.

> La noche no es una noche,
> que las noches son muy largas.
>
> La noche no es un jardín
> ni es tampoco una ventana.
>
> Algunos creen que la noche
> se muere si la desgarra
>
> una embestida de toro
> o una hoguera arrebatada.
>
> Otros piensan que la noche
> es de cobre y no de plata,
> (...)
>
> Yo la conozco. Me tuvo
> duramente atravesada.

Pensé en los míos y hasta en el patio de mi casa. Nada, éste era otro vuelo, más rápido, sin el molesto equipaje. Lo hacía yo solita y no me forzaron a presentar billete o pasaporte, ni siquiera identificarme en la ventanilla de la línea aérea. La noche, como la Isla grande, era mía y en secreto, le habló la intimidad: me has nadado amor, me has nadado/nadé en ti amante; al besarte, hemos andado.

En la mañana, mientras bebía con toda calma el café del desayuno, los ojos me ofrecían el mar.

Seductor, acariciaba la arena, se adelantaba para retirarse; volviendo a convertirse en ola suave de rizos blanquísimos. Distinguía un brillo algo fuerte que creí poseedor de destellos nacarados. Lo envolvía todo. Miré más allá. El agua con dedos de arena parecía peinar el cabello de unas rocas lejanas pero muy definidas.

Imaginé que serían en realidad otras islas, la vista no alcanzaba a dibujar con exactitud sus contornos.

¿Diosas lejanas cobrando vida al ser tocadas por seres increíbles y milagreros? ¿Enamoradas que quedaron prendidas del disparate de inmensidad transparente que supone el azul del mar Caribe?

Asunto de mitos remotos y legendarios. Tópicos de mitología latina, griega o negra africana. Inmensa Laguna Sagrada de San Joaquín que por magia de Lydia, cobraba formas de mujer-mar. Orishas nuestros. Seres asexuados que no logro comprender en su totalidad porque en mis ratos conscientes:

> Yo sólo sé del amor
> que me tuvo enamorada.
>
> ¡Qué pequeños son los astros,
> y qué lentas las mañanas,
> cuántas horas en la tarde
> para una noche tan rápida!

IV

Vaya misterio de mundos nuevos a pesar de ser tan conocidos. No importa que juntos los hayamos vivido. Se trata de la hora propicia, la vida. El estar junto a ti o tu recuerdo despertaron en mí, como me has dicho que sucede tantas veces: ¿nuevas?, ¿anteriores? Sabes, me da lo mismo; profundas sensaciones:

La boca como el mar se ha mojado en tus aguas. Perfil de arena borrando la distancia. El deseo es una garra fina, de caricia lenta, tiene ritmos de olas. Lleva espuma, nos toca y en silencio, pasa.

Te beso con los ojos —no me atrevo, nos miran—, voy a tu lado, camino muy despacio. Sonreímos, me entretengo. El sol quema con ese olor familiar y marinero. Paseo por la playa. De pronto me cuelgo porque quiero, a tus espaldas. Miro arriba. No hay nubes pero advierto letras blancas. Vuelo de gaviotas. Obser-

vo. Creo que han venido por mí, ¿por ti?, se detienen. Saludan y como tus manos, se deshacen.
　　Va ciega mi mirada. Siento con intensidad el calor. Transpiro, me aprieta. Un suave remolino de viento fresco acerca la remota presencia de mi Isla. Quedo ensimismada. Es el Caribe. Me detengo. Eres embriaguez, me sorprenden unas voces. Regreso, todo es quietud: ¿muerte?, laxitud; la calma.
　　(Observo unos insectos. Suben por la caoba torneada, como la balaustrada del bar en que nos detuvimos a beber la cerveza fría que te gusta. Parecen moverse a compás, lo hacen con singular delicadeza. Se acompañan. Descansan unos instantes.
　　Devoran y siguen una carrera loca hasta perderse en la oscuridad de un agujero próximo que rápidamente, se llena de agua).
　　¡Qué extraño! Siento húmedo mi traje de baño. Gotas rizadas por esa luz que hiere y duele en la mirada. Cierro los ojos. Me dejo llevar. El cuerpo es una hamaca. Amor, he vuelto a descubrirte. ¿Te lo confieso? Adolescente-vieja. Rubores en mi falda. Tu pantalón de dril, mi vestido de lino. Esta noche estrenas la calandria.

> *–¿Me llamas?* –decir al viento
> *¡Eres tú!–* y nadie hablaba.
>
> *¿Qué puedo saber de amor*
> *si he vivido enajenada?*
>
> *El tiempo no corre, gime*
> *porque lo estruja mi alma.*
>
> *Y luego se va despacio,*
> *y nunca empieza ni acaba.*
> (...)
>
> *¿Quién canta*
> *para que mi amor no venga,*
> *para que mi amor se vaya?*
>
> 　　(*Amante no fui. No amé.*
> 　　*Estuve sola. Soñaba*).[4]

---

4. Los versos en itálica son del *Cancionero de la Enamorada* de Carmen Conde.

Pusiste el casete que trajimos. Nos gusta escuchar esa grabación, fue un regalo de Carmen cuando pasó varios días en nuestra casa de Nueva York aquel verano. No recuerdo con exactitud en qué año pero nos habló del disco que le hiciera Antoñita Moreno: su hermosa voz nos traía ahora el recuerdo de la poeta de Cartagena.

En el Caribe, detente unos instantes cuando caiga la tarde. Guarda silencio, entrégate y escucha. Hay un canto secreto.

¿Son aves?, ¿se lo inventó mi ficción? No discutamos, te lo aseguro. El trópico convoca a los fetiches, allí están. Además, existen misterios: hay pájaros que cantan en la noche, yo los he escuchado.

MANOS DE AMÉRICA

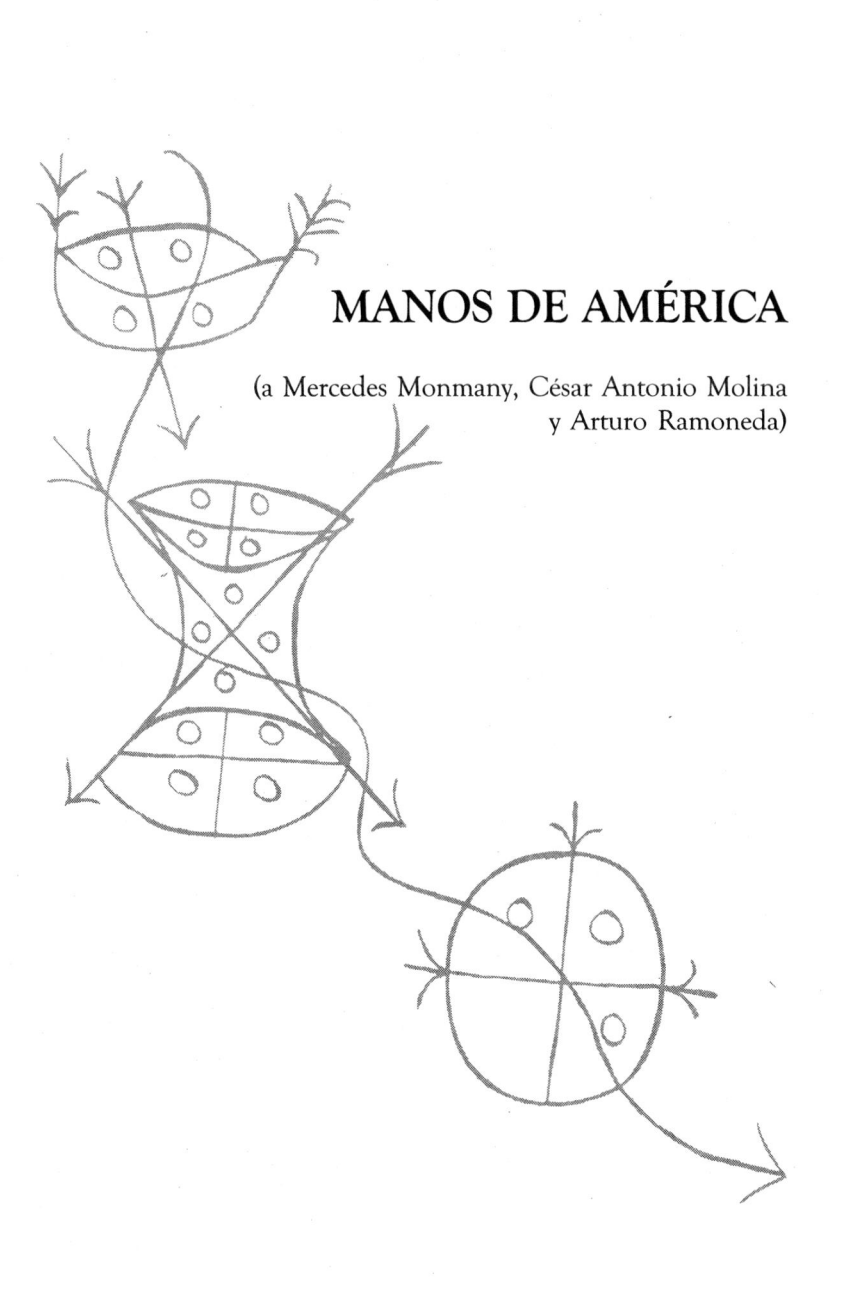

(a Mercedes Monmany, César Antonio Molina
y Arturo Ramoneda)

De la América ingenua que tiene sangre indígena,
que aún reza a Jesucristo y aún habla en español.

Rubén Darío

I

Hace apenas unos días estuvimos en México, he visitado con cierta frecuencia los países hispanoamericanos, casi todos, exceptuando Costa Rica y Bolivia; aunque uno de mis sueños es asomarme al Titicaca pero a Jorge le afecta la altura. Inclusive siente la de Madrid. Planeaba el viaje con mi hermana menor y fue una lástima, me hizo la faena de morirse temprano. Cositas que pasan. Recuerdo la primera vez (¿nunca puede olvidar la gente esa primera vez?), después de estar ya viviendo durante años en la América anglosajona, el sentimiento que me invadió al aterrizar en uno de nuestros rincones.

Me llenó de nuevo. No se trata de un choque violento. Nada de ello, no es como una guerra civil ni un acto de violación, es algo suave y duro. Punzante, que se clava hondo. Caminé un rato a pesar de que me dijeron que no era seguro hacerlo en esas ciudades. Mataba un poco el tiempo. Hacer hora para visitar a una familia cubana exiliada en la ciudad de México. Llegamos al Zócalo. Allí se alzaba, inconfundible sobre la plaza, esa catedral que he visto tantas veces. Pasearon los ojos hasta llenarse de manos.

Eran muchas. No lo esperaba, ¡qué extrañas son a veces las sensaciones!, me dio un salto el estómago y experimenté náuseas, no. Miedo. Cuerpos. Ignoro si eran de hombres o mujeres, seguro que en la turbamulta había niños de ambos sexos. No los distinguía. Las manos, sí: extendidas. Crispadas. Acusadoras. Sucias, ásperas. Enjugaban una lágrima. ¿Serían capaces de estrangular al hombre? Rápidas, atesoraron un pecho. Contemplé el castigo a una mujer. Manos que imploraban con las palmas hacia arriba, el nombre de Dios en los labios. Miseria en las carnes. Las vi en los portales, después, al huir; junto a los tenduchos próximos. Fue durante el día, ¿estarían también desperdigadas por aquellas sucias aceras en las noches? Manos marginadas, repletas de desesperanza, hambrientas, calladas.

II

Subí a un taxi camino al encuentro de mis amigos. Las manos marcharon conmigo. No puedo decirlo porque lo ignoro, si el recorrido del automóvil resultó demasiado largo o como si me gustara abundar en frecuentes contradicciones, fue en realidad, brevísimo. En un viaje, hace varios años, hice parecido camino con Juan Cobos, recuerdo que lo llevé a visitar el «Museo de Antropología». Ahora, cerca del lugar, el taxista antes serio, casi taciturno, se empeñó en mencionarlo intentando explicarme en pésimo inglés sus maravillas y joyas culturales. Le aseguré en español —hecho que sospecho produjo en el hombre total desconcierto—, cuánto lo admiraba y lo bien que conocía México y su valioso museo, incluyendo las nuevas y nunca terminadas excavaciones del centro. Mis palabras, sin duda, le redujeron al silencio ante el obvio fracaso de no poder lucir su aprendido y fragmentado idioma de corte turístico. Emitió como es de suponer otra pregunta en tono casi agresivo: «¿de dónde es usted?» Sonreí. Le dije que mis padres eran de las islas Canarias (lo hago muchas veces, sobre todo en Madrid, resultado de haber pasado por ataques verbales de naturaleza violenta ante las simpatías manifiestas a la tiranía que gobierna en mi país de origen. Los taxistas madrileños no son sólo expertos en política nacional y europea, sus conocimientos abarcan la gama de la geopolítica mundial). Me dediqué a mirar por la ventanilla.

III

Rápido vuelo en el desconocido laberinto de la memoria. Se dibujaban en mi cabeza —hecho nada extraño—, mi hermana Eugenia y Fernando en aquel memorable y primer viaje de vacaciones: salimos Jorge y yo con ella desde Miami. Detenerse en esa ciudad con motivo o sin él, era asunto obligado. Mi madre asmática, esperaba nuestras visitas con verdadera ilusión. Entre los cuatro trazamos el itinerario: un buen recorrido por el sur de «nuestra América».[5] Me preparé de forma especial, quise inclusive volver a los ensayos de Martí sobre los países que durante tanto tiempo había deseado visitar.

Colombia nos ofreció el abrazo inicial, Fernando se reuniría con nosotros en Lima. Bogotá resultaba una conquista al corazón pero ¡cuántos sueños llevábamos las dos dentro acerca del Perú! Había estudiado bien la cultura de los incas, eran material de clase para mis alumnos en la universidad. No menos se documentó mi hermana. Me asomaría por fin al Cuzco y Macchu Picchu. Sí, era ver realizado un cuento de hadas, la cartita mágica de los niños pequeños que según parece me contestaron ese verano los míticos Reyes del Oriente. Allí estaban (como gustan llamarse a sí mismos), los «antiguos peruanos». Nos detuvimos atentos y perplejos en la Plaza Mayor. La Catedral, con su esplenderoso barroco indígena, donde el oro parece desbordarse. ¡Qué mundo de contrastes!, aquellos altares de fabulosa riqueza ante los seres que estaban allí arrodillados. Muy cerca vimos varios indígenas que entraban a gatas por la puerta principal, cumpliendo de se-

---

5. José Martí: «Nuestra América», (Colección de Ensayos), *La Gran Enciclopedia Martiana*, Tomo IX, Badalona-Miami, 1978.

guro sabe Dios qué promesas. (Se dice que el mismo Pizarro colocó su primera piedra.) Pero no fue allí ni siquiera en el magnífico Museo del Oro, donde me asaltó la sensación de un ahogo que no logro explicar: salía del Convento de San Francisco y al mirar hacia la plaza, percibí un gran conjunto de mujeres, eran muchas. Espectáculo de color. Mantas, sombreros, niños caminando a sus lados, bebés en las espaldas. Manos. Pedían. Estaban extendidas. Nunca hemos viajado con guías. Nos sentimos rodeados. Era necesario salir, ¿escapar?, del enjambre que sin equivocación, con marcado desgano y poco a poco, iba creciendo.

IV

Tranquilos, bebiendo pisco en el hotel, hablamos de la subida al Cuzco y Macchu Picchu. Las dos aceptamos, vuelo al Cuzco pero se impuso mi ilusión: la segunda parte en tren, tenía que remontar el Urubamba. «*Besa conmigo las piedras secretas/ La plata torrencial del Urubamba/ hace volar el polen de su copa amarilla*». Los vagones parecían de juguete, trencito de niño o colección antigua de un hombre caprichoso y viejo; como tal, se movían. Andaba muy despacio, en un recodo volvía atrás, alejándose, para emprender nueva ascención o mejor, descender. Cambio de líneas, quise bajar al andén y curiosear un poco pero Jorge me lo impidió. Semejaba una historia que de seguro leí en algún libro.

Observamos con detenimiento. Docenas, cientos, como si miles de caras casi idénticas, volvieran los ojos hacia nosotros. Fijé la atención: al fondo, más bien lejanas, adustas imagenes de hombres. Mujeres en segundo plano, ¿tímidas o doloridas?, no lo sé. Herméticas. En cuestión de segundos, aprovecharon muchos niños para subir al desvencijado vagón, de poco valían los gestos y protestas del conductor, ¿qué podríamos comprarles?, un sombrerito, alguna cosa inútil, cualquier chuchería. Tenía un par de bolígrafos en la cartera y los regalé, algún caramelo en los bolsillos; daba igual. Subían, bajaban, volvían a subir, ¿eran los mismos? No tenían rostros. Las mujeres terminaron muy cerca de las ventanillas: la pantalla del cine mental sólo recogía puñados de manos, racimos de dedos:

> Muévante siempre estos solemnes vientos. Pon de lado las huecas rimas de uso, ensartadas de perlas y matizadas con flores de artificio, que suelen ser más juego de la mano y divertimiento del ocioso ingenio que llamarada del alma y hazaña digna de los magnates de la mente. Junta en haz alto, y echa al fuego, pesares de contagio, tibiedades latinas, rimas reflejas, dudas ajenas, males de libros, fe prescrita, y caliéntate a la llama saludable del frío de estos tiempos dolorosos en que, despierta ya en la mente la criatura adormecida, están todos los hombres de pie sobre la tierra, apretados los labios, desnudo su pecho bravo y vuelto el puño al cielo, demandando a la vida su secreto.[6]

V

En el Cuzco nos sentimos exhaustos. Té de coca; el hotel resultó inhóspito y frío, tampoco nos importaba entonces. El asunto era al descansar, adaptar la respiración a esas alturas. Aplastados (como todos los que vivimos a nivel del mar), nos fuimos al parque, frente a la iglesia. Una vez más, nos rodearon las manos.

> *Tierra mía sin nombre, sin América*
> *estambre equinoccial, lanza de púrpura,*
> *tu aroma me trepó por las raíces*
> *hasta la copa que bebía, hasta la más delgada*
> *palabra aún no nacida de mi boca.*

Decidimos comprarles algo. Cerca de mi mesa de trabajo en Nueva York tengo una pequeña alfombra de pelo de llama, circu-

---

6. Ibídem, «El poema del Niágara», tomo X, p. 28.

lar; como la miseria humana que llenaba cada uno de aquellos remotos lugares. Costó mucho trabajo pero dimos con la casa del enterrado en la Catedral de Córdoba: pensar que dentro de aquellas paredes había nacido y vivió el inca Garcilaso:

> puedo afirmar, además de lo que todos saben, que yo nací en la tórrida zona, que es en el Cuzco, y me crié en ella hasta los veinte años, y he estado en la otra zona templada de la parte del Trópico de Capricornio, a la parte del sur, en los últimos términos de los harcas, que son los chichas, y, para venir a esta otra templada de la parte del norte, donde escribo esto, pasé por la tórrida zona y la atravesé toda y estuve tres días naturales debajo de la línea equinoccial, donde dicen que pasa perpendicularmente, que es en el cabo de Pasau, por todo lo cual digo...[7]

> *El Cuzco amanecía como un*
> *trono de torreones y graneros*
> *y era flor pensativa del mundo*
> *aquella raza de pálida sombra*
> *en cuyas manos abiertas temblaban*
> *diademas de imperiales amatistas.*

---

[7]. Inca Garcilaso de la Vega: *Comentarios Reales de los Incas*, tomo I, Biblioteca Ayacucho, Venezuela, 1976, p. 10.

VI

Mientras mis hermanos buscaban otro tipo de alfombra o una de esas güiras que llevan paisajes de ceremonias e instrumentos peruanos, me acerqué a un grupo de tejedores. No. Eran todas mujeres. Lo que veían mis ojos era una maravilla de movimientos manuales.[8] Algunas estaban amarradas a un árbol, otras, a un simple palo no demasiado alto. Se ataban con una tela fuerte o pedazo de cuero que pasaban por debajo de las nalgas. Parecían a nuestra vista, apoyadas o sentadas en el piso. Variaban los colores de los sombreros de los atuendos respectivos y el diseño de los diversos tejidos que como milagros, les crecían entre los dedos. La trama era muy curiosa: corría veloz la lanzadera por los hilos de la urdimbre, era lo único que allí se movía constante, sin descanso ni interrupción, a todo andar. Mejor aún, con prisas.

Les sonreí, deseaba entablar conversación. Después de un rato, rompieron en parte su silencio hacia mí (entre ellas hablaban pero aunque detectaba en el lenguaje alguna que otra palabra en español, no podía entenderlas). Sí, cada tejido tenía sus símbolos según las regiones. Obedecían a determinadas características ancestrales de los respectivos pueblos donde habían nacido. Aquellos colores tan vivos eran producto del teñido a base de jugos de frutas, nueces, cebollas; cosas de la tierra. Aprendían las hijas de sus madres: años, generaciones pasando los secretos de esos hilos de las unas a las otras, lo que constituía en definitiva el traspaso inamovible de ese extraño conjunto abigarrado de sí mismas.

Las manos de tantas mujeres me impresionaron. Su destreza, la forma de estar sentadas: agachadas, tiradas en el suelo, los recién nacidos en sus espaldas, el paso quedo, repetido y continuo de la lanzadera que parecía un rezo tenue. Murmullo de letanía invocando vírgenes más que doloridos quejidos de hembra.

---

8. La información técnica del tejido y movimientos en el telar, proviene además de la propia observación de una amiga: Hannelies Guggenheim. Tiene en su casa 7 telares. Uno de sus tapices, «La zarza ardiente», forma parte de la colección del «Jewish Museum of New York», Quinta Avenida, Nueva York.

VII

*Entonces en la escala de la tierra he subido
entre la atroz maraña de las selvas perdidas
hasta ti, Macchu Picchu.*

*Alta ciudad de piedras escalares,
por fin morada del que lo terrestre
no escondió en las dormidas vestiduras.*

*En ti, como dos líneas paralelas,
la cuna del relámpago y del hombre
se mecen en un viento de espinas.*

¿Tejían así las mujeres índigenas en el Perú o las confundo con las de Guatemala? A la memoria de hoy han regresado sólo sus manos. ¿Se desvaneció mi letargo y regresé al reducido espacio de la máquina que me transportaba?

Las manos que me despertaron estas sensaciones en los alrededores del Zócalo de México, no quedaron aquel mediodía quietas o dormidas.

Volvería a verlas. Al salir una noche del teatro, en muchas partes: llenas de rabia, de rencor, de nostalgia. Marchitas, ¿olvidadas? Torturadas. Siempre creyentes. Engañadas.

Desilusionadas, mentirosas, envilecidas, fulminantes, envidiosas, temidas.

Manos de dictadores: gesticulantes, abiertas, repartiendo promesas, enarboladas, cínicas, vacías.

Manos de hombres que empuñaron machetes, guatacas, esperanzas, fusiles.

Manos de mujeres que entierran, que dan de mamar, que conocen calores de piel, ausencias de muerte.

Acusadoras. Falsas. Canallas. Delatoras. Encubridoras. Limpias, delicadas.

Manos torpes. Manos sabias. Manos hermosas. Manos deformes. Manos que aprietan fetiches. Manos que sostienen la quena, tocan arpas, marimbas, tambores, güiros, cencerros, claves, maracas, guitarrones.

Manos que pintan, manos que esculpen. Manos que engañan. Manos que lloran. Manos de escoria. Manos que escriben.

Manos de la «América ingenua que tiene sangre indígena, que aún reza a Jesucristo y aún habla en español».

Entre ellas, vi el índice del dios que se jacta de haber creado un hombre nuevo. Al hombre que vive del hombre. Pensé en la Justicia de Dios. En el exterminio del hombre que traiciona las manos de otros hombres.

VIII

Enfilaba el taxista hacia la Colonia Anzures. Sin esperarlo, al doblar una esquina, pegó un fuerte frenazo que me hizo saltar en el asiento. No sé si se distrajo. Casi mata a un pobre muchacho que se acercaba vendiendo paquetes de Kleenex. Le gritó de mala forma pero se excusó de inmediato conmigo. Los mexicanos son muy corteses y correctos. ¡Uy!, menudo susto, por fortuna no pasó nada. Ya estaba ante la puerta del edificio, en la casa de la familia que me aguardaba. Rápido, se adelantó y abrió el portero. Intercambiamos saludos, me informaba (de seguro por cuenta propia), que los señores estaban arriba. Apreté el botón llamando al ascensor. Ellos, como siempre, saludaron cariñosos: Silvia había puesto una botella de champaña a enfriar, debía al menos probarla; excusé a mi marido, no pudo acabar a tiempo la reunión de negocios. Conversamos. Terminé la visita. Debía irme. Les dije que teníamos invitados a tomar algo en el hotel a unas amistades mexicanas. Avisé a Jorge antes de salir; atentos, se empeñaron en llevarme. Mucho mejor, tendríamos más tiempo para hablar, nuestra diáspora nos ha lanzado por los cuatro puntos cardinales. Esa noche cenamos todos en la «Hacienda de los Morales» o recuerdo mal, quizás fue en «San Ángel Inn»: ambos están entre los mejores lugares para saborear la comida típica del país.

IX

Se me ocurre preguntarme una de esas tonterías: ¿qué trajo a mi imaginación el recuerdo de aquellas manos? Ya se sabe, basta una música cualquiera para recordar un determinado momento, un simple perfume, el aroma de alguien, sus pasos. Pero y las manos, ¿a qué venía aquello?, ¿me estaré volviendo un poco loca? Sonreí. No. Tuve de inmediato la pista: fue una percepción visual.

Estábamos al otro lado del charco. Este camarero hablaba con acento diferente. Diligente recogía boronillas del blanco mantel. Jorge conversaba con los amigos: Mercedes, Rita y César, antes se nos reunió Arturo, somos vecinos. Hablaban, yo quedé en el aire apenas unos segundos. Nos cansa la ciudad, con frecuencia salimos a comer a un pueblo pequeño y próximo. Era la escapada de un mediodía cualquiera: de Madrid hasta Chinchón.

Dentro, me conozco, volvían los versos del admirado poeta en su mejor época, cuando cantaba no al partido, al hombre. Mi Isla —no la negra, aquella en la que Pablo, aún antes de su conversión, siguiera almacenando en rica estancia el fino y valioso conjunto de objetos y fetiches—; la verde: de tierra frutal que fuera antes fértil y estos años, mal vive con su hambre de sus hembras, me obligaba a sentirme

> *sin tierra, sin abismo:*
> *quise nadar en las más anchas vidas,*
> *en las más resueltas desembocaduras,*
> *y cuando poco a poco el hombre fue*
> *negándome*
> *y fue cerrando paso y puerta para que no tocaran*
> *mis manos manantiales su inexistencia herida,*
> *entonces fui por calle y calle y río y río,*
> *y ciudad y ciudad y cama y cama,*
> *y atravesó el desierto mi máscara salobre,*
> *en las últimas casas humilladas, sin lámpara ni fuego,*
> *sin pan, sin piedra, sin silencio, solo,*
> *rodé muriendo de mi propia muerte.*[9]

---

9. Todos los versos en itálica del *Canto General* de Pablo Neruda.

MAÑANAS DE BAILE ENTRE LA LUNA Y LAS PARCAS EN MIS CIUDADES

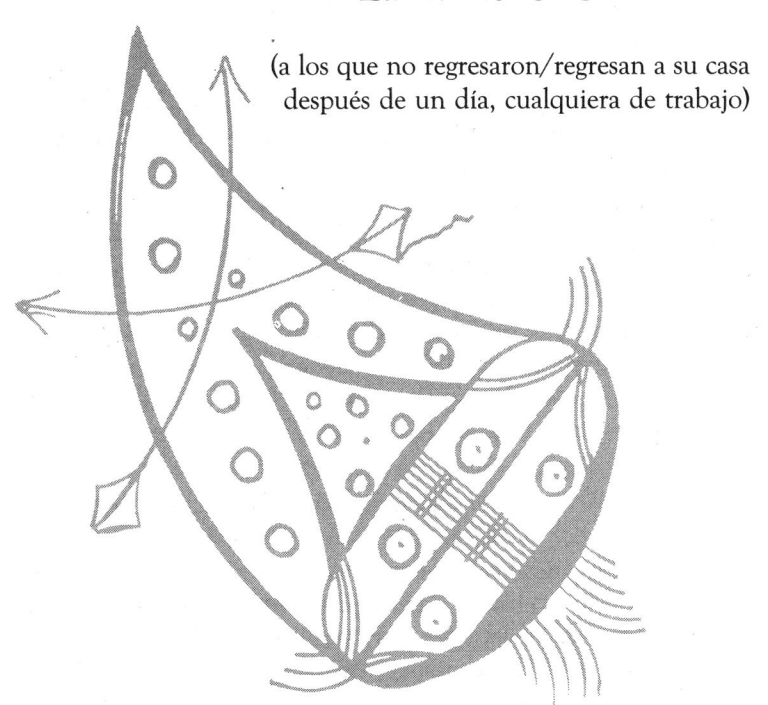

(a los que no regresaron/regresan a su casa
después de un día, cualquiera de trabajo)

I

Marcaron compases del coro su *adagio con brio*
y el mundo entero contempló los espectáculos
caían las torrres más altas de Nueva York
explotaban bombas en los trenes de Madrid
yo vivo entre esas dos ciudades.

    Dejaron de funcionar los teléfonos. El celular o móvil, quedó inutilizado. El 11 de septiembre no pude comunicarme con los míos. El 11 de marzo las líneas internacionales se habían colapsado. Cada intento resultaba inútil. Sin poder explicarlo, sentí un frío de espanto.
    En Nueva York muchos perdieron las imágenes de la televisión. Yo no, quedé prendida a la espeluznante catástrofe. ¿Bultos lanzados desde las ventanas?, no, eran cuerpos... Gente huyendo aterrada por las calles. Caminaban para cruzar los puentes. Contemplé quienes se arrancaron ropas incendiadas. Bomberos y policías fueron hacia las torres. Sacerdotes, ministros y rabinos acudían a consolar los heridos. Nuestro cardenal se presentó de inmediato, administraba los últimos ritos. Los camarógrafos mostraban, quizás por compasión, contadas escenas. Pedían donaciones de sangre, esperábamos multitud de heridos. Nos enviaron buques hospitales, nada sería suficiente.

Las colas eran inmensas, cuando estaba cerca nos despidieron, ya no necesitaban sangre. No fue necesario el uso de los barcos hospital. Las barcazas sí, pasaban hacia Nueva Jersey. Cruzaron primero gente. Luego, dicen que trozos de cuerpos. Se hablaba poco, comentaron menos. Basta con las indelebles impresiones atrapadas para siempre en la cámara de la vida-memoria.

Lo sucedido en Madrid, por el cambio de horas, nos sorprendía al despertar. ¿De qué hablaba la radio sobre España? No cabían dudas. Sí, este ataque había sido en el corazón de la ciudad. Muy cerca de nuestra casa. Mudos, expectantantes, veíamos las escenas de Atocha. El asombro y miedo me paralizaban ¿o sería esa horrible sensación de desamparo que aterra pocas veces pero con intensidad el corazón del hombre? Lo ignoro pero la recuerdo. La he experimentado antes.

El vacío ante cada hecho se convierte en día eterno que por misterio, se prolonga. Nos queda la boca seca junto a la seguridad de la saliva. Amaneceres únicos en ciudades poco fáciles. Las torres no acudieron al esperado contoneo, fue cosa de instantes. Los trenes regalaron a los viajeros billete turístico para un recorrido inesperado: más largo y, sin regreso. Una sensación extraña nos inundó. El color amarillo grabó en ambas ciudades fotografías de espectáculo no vivido, quizás logren premios. Nos alumbran las preguntas de los que siguen esperando hijos, madres, padres, obreros, hombres y mujeres. Sólo eso, seres.

En Madrid, muchos. En Nueva York, miles. No, no están muertos, son simples desaparecidos. Quedarán colgados de la matriz de los suyos, de la arcilla que va quebrada, del veneno, del odio que no tiene rostro, de los que penetran cueros duros y caminos que no existen. He marchado más de una vez por ellos. Terrorismo usando nombres varios. En España, el atentado contra la democracia se había llamado ETA, el país en que se entrenan algunos, Cuba; en Chile, le dijeron General; en Colombia, lo llaman cartel o violencia; en Afganistán, es el líder; en Irlanda, lucha entre cristianos; en Palestina e Israel, es asunto religioso.

Las víctimas tienen nombre, iban a descubierto, algunos usaban gorras. Daña el dolor que como nubes fue cubriendo las ciudades: vivo en ellas. Llevo mondadientes para la masacre y siento el fuego de mi aldea siguiendo un recorrido imposible que me acerca al agua. Desde allí, vi arrojarse a muchos al precipicio. Escuché voces en llamadas inútiles. Los colores de sus ropas les fueron arrancados. Humo, harina gris que se pegó en cascos de bomberos y uniformes de policías, ¿tontos?, acaso héroes que se jugaron el pellejo mientras silbaba el viento del noroeste o del este, daba igual. Hicieron un globo de algodón color rojo y se humedecieron millones de pestañas. Polvos de arroz que, al unirse al viento, envolvió, superándole, a la cuenta cuentos de las mil y una noche. Contemplé gatos negros disfrazados de arañas blancas. Estampa de primavera muerta apenas comenzada. Ahora llevamos número en la espalda, cada ciudad siente la tragedia que lleva pieles rotas. Deambulan golpes que apenas me rozan, remolinos borrachos de gente que no sabe ni siente. Hay fábricas de honduras y huecos que no se llenarán jamás. Hombres y mujeres de manos dormidas que no lograron salir después de la brisa. He aprendido a nadar muy ligero y uso lacre para firmar las cartas donde agradezco a los que nos llamaron para interesarse. Mientras, sigue diáfano el canto del canario que ya no tengo y sonríe con perfecta claridad el cangrejo aborrecido porque no me gusta su abrazo duro de compromiso asfixiante. Palabras vanas de memorial injustificado porque a todas luces, molesta que sigamos vivos y confiados, vistiendo sin lutos para acudir a cada plaza pública y estrenar de nuevo a la señora que bautizó la vida.

II

Dos de mis amigas pospusieron viaje a Egipto, mi marido aplazó el de negocios a Alemania; hasta los diablos temieron las cenizas y dejaron de justificar la poesía de adorno inútil, sus bocas son de molusco, la concha pega en el marco de cada ventana que se llama hogar y tiene sabor a tierra. Silencio hermanos. Seguimos identificando trozos. En ese sitio cayó el hijo de una madre, junto a ella, llora la esposa que no se despidió a tiempo del marido dormido, hay un soplo de polillas que liquidan las maderas del ataúd porque pereció de golpe y porrazo una placenta. Alquimia inútil de platos sucios, no importa ya que no entiendan, ni siquiera me interesan sus críticas:

¿quién que tiene entrañas
no ha sufrido?
tu vives lejos pero no
exhibas tu modorra
al monstruo, ellos
también llenan tu puerta.
Me escuece el aliento.
No me hables del destino
la luna
con las parcas
no hacen fiesta
al mismo tiempo
para tanto inocente.
Éstos no portaron armas
de piedra frotada
exhibían botellas de agua
del líquido nuevo
con que navegan los ingenuos.
Arabesco de moda
cual vino inclemente en
sacrificio de consagración
milenaria, látigo henchido
pegando fuerte en la columna
blanca de cristales débiles

Se volvió perezosa la muerte, no buscó a cada uno bajo el postigo, fue a mano abierta y arrojó su furia de guerra irreverente, los cuerpos eran hojas errantes cuando la alfombra tendió manto en un recodo de sombras impalpables.

—Tu hija, amiga, es demasiado pequeña, no le expliques la caída de su padre. Son puñados sin nombre, labios queriendo narrar paisajes en suspenso. Artefactos mecánicos que explotaron. Comunicación suspendida en el aire, no hubo palabras para despedir la propia existencia e, hicieron cita. Renovada cita para el encuentro de nunca jamás.

No, no volverás a sentir sus pisadas y tú olvidarás su taconeo porque todo seguirá su curso. Fueron más los cadáveres, escuché afirmar, en la Gran Guerra (soldados, bayonetas, rifles) o, en la que vino después (militares, tanques, bombarderos); posible es, yo no fui testigo, te repito. Ahora sí, me taladran el oído. Aquí y allá vivo, me obligaron. Además, lo sabes, los caídos eran civiles. ¿Las pistolas?, mangueras en manos de bomberos que cumplían el trabajo cotidiano. Intentaron hacernos añicos. Los que cada día apostamos por la democracia, debemos por el momento vivir con siete ojos; cambiar plan y rumbo para que la luna no se adelante a dibujarnos los huesos.

—Tú lo sabes, me lo has oído decir: yo deseo peinarme antes de mi propia muerte y escuchar tocar a los pastores, amo la paz y me gustaría concluir mi Galatea junto a los fieles, a pesar de los feroces. Llevo despeinados los cabellos y fija la mirada. La televisión no debe repetirse una vez y tantas, el dolor es inmenso. No hay que congelarlo cuando la angustia amordaza la decencia o la jauría anda sobre rieles. Los viejos duermen desvelados porque hay niños padeciendo pesadillas:

> perdona que me calle
> quiero desviar los ojos
> al sentir raudas las lágrimas
> no consiento la debilidad
> pública. Además, conozco
> al menos algunas
> de las manos
> que buscan
> nuestra perdición
> a pesar de no reconocerle.
> Desviemos sus escamas
> llevan hedor de pescado
> putrefacto
> pero no te engañes
> a nadie le interesan.
> De ellos
> no guardaremos ni el recuerdo.
> Han sembrado semillas de odio
> antes de nacer
> cuando sus madres
> les engendraron.

Luego, adolescentes
se confirmaron sin iglesias
en la calumnia constante
persiguiendo a los buenos
que siguen levantando
caminos de amistad.
Todo se sabe
perecerá hasta la sombra
de los que destruyen.
Sin mencionarles
olvidaremos
borrando mentidas historias
será ése, el peor de los castigos.

III

No debemos temer, la ruina no traspasará los maderos de nuestros pueblos a pesar de que las ráfagas nos muerdan desde los labios a la lengua, mi costado seguirá siempre mirando hacia el mar. Observa con atención, verás asomarse aves que traen anuncios de paz, arrancando la cera que impide elevarse al sonido del órgano de aquella vieja catedral de piedra. Conoces el saxo que escuchamos juntos cuando nos amenazaban con cuchillas leves o machetes duros. Al parecer, ganaron ellos la batalla pequeña que encendió los pelos de la medusa muerta pero las ramas del tronco quemado vuelven a retoñar, aunque persista el asombro ante la marea, desde la última casa desolada por la locura de tantos cuerpos caídos sin aviso.

Crece el musgo en las noches sin sol, hasta que mis amaneceres me obligan, cual estatua del escultor repetido en todos los museos: mentón en la mano, al recomienzo de la búsqueda y el sosiego que hoy no tengo. Humareda cúnea que trasciende al cuerpo flotante. Mi artificio no sabe describirte ni ocultar el miedo que nos adorna desde que salimos de la Isla. Ahora te repito al oído: ten fe, existía magia en las manos de mi madre. Con una copa de sidra nos preparó cada año nuevo, vuelvo al atardecer en que reunidos la escuchamos por última vez: —en algún lugar sin

nombre les prometo que a vela alzada, llegaremos hasta la risa de
las mejores fiestas:

>ruedan por los escombros
>trozos de cuerpos
>descompuestos
>no quieren sacar
>imágenes, basta
>con el olor
>que llena los espacios.
>Son manos las que impulsan
>buscando cómo identificarlos.
>Guerra de un nuevo siglo
>donde no cambia el hombre
>siendo otra la faz
>del emigrante
>o el penar del exiliado.
>Procesión eterna donde
>sólo los débiles portan
>fusta que vacila.
>Ojos sobre aquellas pencas
>donde cesó mi canto.
>El río murmura y, escribió Jorge
>que va hasta el mar:
>(visión redonda
>oculta y desconocida
>para la mayoría)
>con el morir
>de su padre.
>Cantaste a pie quebrado
>cuarenta horas
>cuarenta lágrimas
>cuarenta coplas.
>Sueño espeso
>donde cabecea la siesta
>hasta quemar el espejo
>invertido
>de cada remoto
>amenazante rincón.

Sé que tu pecho siente y anida en ti el peso de la muerte sin recobrar el recorrido del alambre porque quedó desocupada la silla donde tomó la sopa de esa nunca olvidada cena última. Son duros los tiempos y blandas las semillas de los frutos pero existen. Por la claraboya se cuela una luz que recuerda la vidriera de colores que se rompe en arcoiris, arde y es melodía escurridiza. Nos unen lazos aunque sea otro mi lugar de origen, nos hemos hermanado.

Los países han condenado la atrocidad de los hechos. Están en la búsqueda de los culpables, hay temor por las propias ciudades de cada uno de los puntos cardinales. De Europa y la América toda. El flechador agazapado no logró del todo su propósito. Tenemos deber de seguir viviendo. España toda llenó calles y plazas públicas en rápida manifestación de solidaridad al día siguiente. No importa que el enemigo siga levantando pirámides o tótem, fetiches maléficos y múltiples de narices aplastadas o puntiagudas. El pregón anuncia que quedarán de nuevo, incumplidas, malvadas órdenes proféticas. Hay buenos avergonzados del frío de tanto sufrimiento. Sobre la nieve no caída se extiende el yerbazal: experimento en voces íntimas la lejanía del lugar propio pero amamos las tierras nuevas que, doloridas, son nuestras.

Cursos estudiados en asignaturas de universidad de vida. Gota aprisionada para calmar la sed de los ausentes para siempre. Conozco de cierto que un día la escala estará a punto y puede que no llegue porque se cumplan antes las horas de todas mis vísperas. Si así sucediera, por favor, que alguien me diga a gritos el momento en que se escuchen notas del magníficat. No importa que no creas. Hoy, acompañada por el personaje diminuto y negro, agugú bueno dotado de alma, chicherekú abridor de caminos, he sentido obligación de escribir después de esas mañanas: martes once de septiembre, jueves once de marzo, dolorida elegía.

El final de esos meses se llenaron de ceremonias fúnebres que siguieron los próximos. Creo con firmeza, acaso por casualidad, que yo no olvidaré las fechas. En primavera, murió mi madre. En septiembre, cumplo años. En octubre celebro la fiesta de la Virgen del Rosario.[10]

---

10. Me permito recordar que la instituye Pío V para celebrar la victoria de don Juan de Austria en Lepanto: 7 de octubre de 1571; aunque en la batalla perdiera el movimiento de su mano izquierda el gran don Miguel. Quien de esto sepa, entenderá la intención y propósito de esta cita.

A ELOÍSA LEZAMA LIMA

(a M. Angel Gaztelu y Silvia Kouri Pendás)

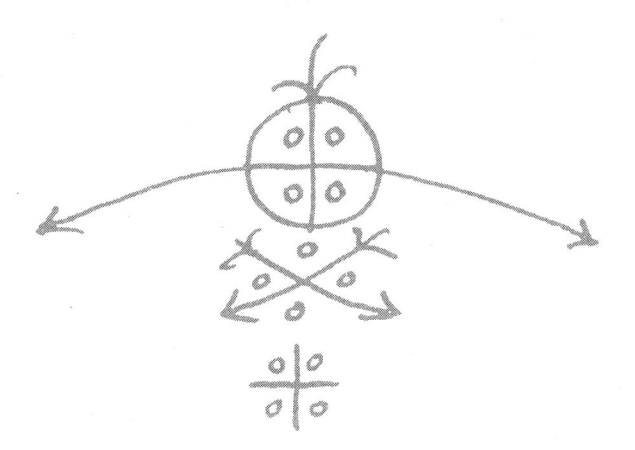

Entre dos puertas,
con su humillo, la palabra entelerido.
Las manos sobre los huesos
y la avanzada en los dominios
(...)
El miedo entre los árboles,
saltando las estacas del parral,
vistiéndose en un sillón anchuroso
como la palangana de los libros.
(...)
Enteco entre dos árboles.
Lloroso, borrado, impalpable.
Vestido de pimiento bailón,
en un sueño el lagarto
comienza a humear.

I

José, «Jocelyn». José Lezama Lima fue tu nombre. Hoy el mundo parece redescubrirte, los paisanos que llamaban a tu casa con amenaza grande para que sintieras la vergüenza isleña de miedo incunable que sufrimos todos, te mencionan y rinden alabanza.

Tu hermana Eloísa, consagrada a la tarea de incrustar en cada punto cardinal verdad y memoria, nos regaló en *una familia habanera* parte de tu oscura y dolorida historia:

Éramos púdicos, secreteros, misteriosos y teníamos como lema el concepto de Verlaine de que cuando las cosas se dicen claramente pierden las dos terceras partes de su valor. Ya todo es un recuerdo, una nostalgia, un rosario de cuentas desgastadas. Siento la necesidad de detener el tiempo...
tenía el privilegio de vivir una cotidianidad colorinesca proporcionada en gran parte por un juglar que remedaba leyendas, por un sabio viejo que parecía salido de una dinastía china, por un hombre formado en una tradición clásica, pero que chisporroteaba un surrealismo desconcertante.[11]

II

Eloísa nos desvela en aquella Isla de sol justiciero su padecido «Frío entre los perros,/ flujo en la crecida de la medianoche, allí donde lloró el antílope./ Después de frío y de miedo». ¿Sería maldad o acaso no quisieron tener conciencia de aquel sentido terror «entre dos puertas»?, ni prestar atención a «El desfile en sus voces coloreantes, de la lámpara al pajar,/en las hinchadas mejillas del granadero,/ dormido guardián».

Lezama, tú si les reconociste pero sabías que era necesario fingir el sabor fuerte de la piña hasta parecer que lo confundias con la transparencia de aguas finísimas en malecones perdidos durante los años en que te relegaron al miedo de las charcas cundidas de mosquitos. Allí trazaste paisajes veloces y descubriste para esta generación y las venideras, días quietos donde de nuevo podamos observar el paso de tortugas lentas peleando contra las fauces de cocodrilos rojos con camisas verdes. Dicen que recibías a muchos, quizá no eran tantos los amigos de ese juego que tuviste que llevar en silencio:

---

11. Eloisa Lezama Lima: «Introducción», *Una familia habanera*, Ediciones Universal, Miami, 1998, p. 7.

　　　　amurallada la Isla
　　　　amurallada mi Habana
　　　　amurallada tu casa

Piedras. Paredes entre las que por encargo de tu amada Rosa, te supo facilitar el precario vivir la fiel María Luisa, sin olvidar la compañía y tutela (mientras le fue posible), de ese Ángel que llenaba ratos y liturgia.

Banquete de palabras era tu bálsamo en el que hacías saltos a fuentes de remotas presencias. Orfeo, el Oriente mítico, palmera tropical: real y martiana para mejor decir y, siempre, tu ciudad muda murmurando cerca, como libro de bolsillo que viaja con nosotros para que no molesten costosas tapas duras de las que muchos presumen no habiéndolas descorchado jamás. Cerámica de firma. Biblioteca construida con saber y ojo de profundo conocimiento. Cristal finísimo dando forma por virtud de la magia-palabra a botellas irreales que lograron viajar en manteles blancos que extendía Baldomera sobre tu mesa porque tenías prohibido barcos de puerto próximo a tu calle Trocadero o salidas hacia aeropuertos camino a los brazos amorosos de Rosita y Eloy.

　　　　(...) con una toalla enrollada
　　　　en el brazo izquierdo, para taparse de las estocadas
　　　　de los hilos. Se afeitará en el baño tibio.
　　　　Pero no, ya está frente al espejo y mientras
　　　　pasea por sus mejillas, el perro lo descifra
　　　　desde el primer salón. El infierno es eso:
　　　　los guantes, los epigramas, las espinas milenarias,
　　　　los bulbos de un oleaje que se retira,
　　　　(...)

III

Espejo de interiores reflejando al Bosco en un jardín de humanidad desgarrada o sólo sueño, alucinaciones, sin que deje de escuchar en la distancia de cada almanaque la exquisita ilustración de Mariano o Portocarrero, los cuadros de Ponce, la escultura de Lozano que ocupara lugar preferente en la casa. Grupo que nació de su labor y llegó a formar cúmulo sagrado de Orígenes. Supiste unir ríos y piedras de aristas suaves con montañas nevadas de imposible tibieza criolla. Convertir una élite en herencia de pueblo por ser capaz de disparar flechas en arcos diferentes y tuyos, nuevo Ulises perdido entre puertas que no pudieron abrirte los tuyos ni los mejores amigos desde afuera y como remoto consuelo, se transformaron en pez: palomas mensajeras donde enviaste cartas a los tuyos.

En una de sus últimas cartas, me dice: «La realidad y la irrealidad están tan entrelazadas que apenas distingo lo sucedido, el suceso actual y las infinitas posibilidades del suceder»:

> Aún el mismo José Cemí es y no es mi persona. Es el hombre que busca el conocimiento a través de la imagen, el poeta. Y Oppiano Licario es el que le enseña el conocimiento puro, el infinito causalismo del Eros cognoscente. Es el mito de la lejanía, lo que se ve allá en el mundo tibetano, donde lo invisible se confunde con lo visible, el mundo del prodigio.[12]

Dejaste en ellas tu testimonio-verdad de dolorida respiración asmática en la que tu presencia (sin haberte conocido), me lleva cada vez a mi madre, no muerta pero sí dormida en cementerio ajeno, y su deseo constante de esa Habana a la que pedía a Dios cada día nuestro regreso. Las tiras de tantas pieles fueron arrancadas, hoy se llenan de polvo y miserable olvido en rincones que no existen, tal y como si no nos hubiera acontecido cosa alguna.

---

12. Ibídem, p. 102.

Y tú poeta mayor, humillado por fuerzas del mal, fuiste forzado a colocar en vida «las manos sobre los huesos». Contemplo con estupor dolorido a ésos que van y vienen, visitando a mi pueblo. Diciendo que las denuncias son ficción de elemento detestable y enloquecido empeñado en que gente como yo misma se ocupe en clavar nazarenos esta Semana Santa en una Habana donde los frailes saben que no hay pasos ni penitentes por las calles porque existen pactos y, según ellos, no es aún tiempo de Pasión a pesar de que el madero recibió cuerpo y clavos hasta sangrar cada mano en su escritura:

(...)
La monodia de mosaicos otomanos, por la que el hastio
de la criatura
pasa ululante y lastimero en su cínife de abullonada ceniza aguada,
cubren el cuerpo indistinto, ciego entre la aguja y la espina
que toca un coral para perderse en el susurro,
que pregunta por el arroz para sentir el ciempiés,
dédalo absorto por el tenaz laberinto de sus espaldas
(...)

IV

Este hoy de *Paradiso* mentido no puede negar que falta agua en los cántaros de las bocas de cada jarra ni pelo que sigue su fuerza natural a pesar de las molestias de Jorge; creciendo para la tijera del barbero viejo que sobrecogido en el miedo de cada esquina, me fuerza a cortarle el cabello cuando no dabas para más en la imagen de ser desolado, inconfesable hambre de aquel cuerpo de creador entero.

Eloísa: sabemos que la virtud de su letra permite a muchos negar el encierro porque él como hombre sabio, supo construir siete moradas y hacer nido en árboles que ni siquiera existen o hace ya más de cuarenta años fueron talados. No han logrado prohibirnos días de sol ni brisa nocturna de luna llena en que Gaztelu vuelva a sus noches de Isla sensual, perdida y asediada. Mis ratos se deshacen con gusto de caña que pasa por primitivo trapiche de esquina en Cuatro Caminos y paladeo el gusto azucarado al que me acostumbró Teresa, con idéntico mimo al que les ofrendara en sus cuidados, Rosa.

Lezama, hay espuelas de oro en tus pupilas fijas más allá de todo tiempo, sin que lograse aplastar tu voz el caballo que jamás nombro porque de él no quedará recuerdo totémico; lleva años convertido en débil chillido de chivo viejo, patas cansadas enfundadas en cascos que al marchar, no trotan. Forzadas a no hacer ruido siguen aplastando hombres y rincones. Andan sobre alfombras alzando puños de faroles mortecinos, escarabajo trepando pirámides inexistentes, cual novela pésima de ministro-vocero que te cita en países y periódicos porque tiene aprendida la obligada y nauseabunda lección del beso en lugares prohibidos y malolientes.

(...)
El hilado se extiende como las preguntas del tapiz,
cuando aprovecha las aplacadas estrellas en las mamas
del porquerizo, rendido al plenilunio donde no puede
penetrar.
Estalla sus estrellas en el polvo reptil el cerdo
gruñón, tardío rechazado al manto del ceremonial.
La vara del porquerizo no prohíja escamas ojosas,
serpientes caducas, ni se entierra en las arenas
como el falo charlatán que se anuncia en las puertas,
o cae como las cadenas que rodean la ciudad de las puertas
bajas, rastrillando las espaldas de los tejedores ebrios.
La baba de la cabra saludando en las colinas
dialoga con las contraídas carcajadas
(...)

V

La luz deslumbrante ciega la pupila y la ciudad renace. Pasarán estos tiempos. De las cárceles nos fugaremos. Existe el futuro de miel para el amado donde los alfileres del costurero de tu hermana rescatarán de la mentira generalizada la verdad del hijo que quedó allí para estar junto a la madre. Las columnas al terminar la avanzada de la derrota que es todo fuga en pieza de sinfonía completa, puestas en marcha de retirada, se transubstanciarán en «pinos nuevos»[13] porque al retroceder quedan fuera de sus pisadas los retoños de arboleda que han plantado desde siempre los hombres y mujeres de la mejor letra. Los que sí existen fuera y dentro de la Isla. Debemos dejar escrita la horrible pesadilla donde:

(...)
El zorro con sus patas como flautas,
salta sobre el pellejo de la noche
rociada con un alcohol que nos envuelve,
como si fuese harina con piedras islotes.
Pega con el rabo donde hay una escala dura.
El guiño del zorro evita la sonrisa.
Salta orquestando el fuego,
afilando con sus patas de flautas el viento noroeste.
No deja, sopla, no deja.
Deposita su melena en una columna y la va a buscar con los dientes.
(...)

---

13. José Martí: «¡Eso somos nosotros:pinos nuevos!», palabras finales del «Discurso en conmemoración del 27 de noviembre de 1871».

VI

Entiendo tu dolorido sentir cuando hablas de la muerte de Rosa y Jocelyn, el desgarro de no haber estado junto a ellos en los momentos de despedida: esta diáspora a la que fuimos lanzados es sueño amarillo disperso y duro, donde la sangre reclama ante el soplo frío de la separación. Sufrimiento que la aceptación normal de la impenetrable muerte no logra desvanecer y se transmuta manchando nuestras frentes en ceremonial constante de miércoles de cenizas eternas donde la brisa isleña parece batir sin tregua en faena de vientos marineros. Lejanía del cuerpo propio contra la que luchamos todos para evitar la rabia destemplada de fiebre inexistente, traicionada sopa que faltó en su mesa. Suspiros de alambre que seguirán martillando sobre tambores, pianos y violines. Bohíos o mansiones donde habita el fetiche negro de todas las vírgenes que se escondieron en montes escurridizos.

No lo dudes, se hincharan nuestras manos cansadas de teclear en la escritura para decir al mundo que ese poeta era un hombre íntegro que sí existió:

Sus primeros poemas estaban firmados con el nombre de José Andrés Lezama. Mi hermano aparece en el Registro de Nacimientos con el nombre de José María Andrés Fernando. José María, el nombre de mi padre; Andrés, el nombre de mi abuelo materno y Fernando el nombre de su padrino Fernando Aguado. Desde su primera infancia rechazó el nombre de José María por parecerle muy femenino y optó por el de Andrés; después decidió suprimir el de Andrés y unir los dos apellidos —Lezama Lima— en honor al amor de nuestros padres. Aunque nunca lo confesó, en la decisión debe haber influido la eufónica aliteración de los dos apellidos. Y ya para siempre firmaría: José Lezama Lima.[14]

---

14. Ibídem, p. 51.

Mis padres, tíos y hermana, Eloísa, murieron tristes porque se sabían lejos. Nosotros padecemos cabeceos amoratados por tantos golpes de espíritu. La danza final a todos convoca, en ella serán marcados los pasos de cada hombre o mujer; el incienso levantará su perfume en la capilla interior del rostro íntimo: luego, después, llegará *de profundis*, el silencio. Quedará posiblemente tu rescate, el testimonio, su palabra: la verdad histórica del padecimiento de tantas vidas en esa Isla...

VII

Desde el eterno aprendizaje de mi palabra te ofrezco el humilde homenaje que rendí a los nuestros: ten fe. Nuestra condición de isleños no olvidará jamás. «En el brindis interminable de lo que alcanzamos por la herencia intangible de todo lo que fuimos (late hasta marcarnos a fuego vivo la presencia que nos distingue):

ahí está el mar,/ cubierto de misterios./ Suena, canta,/ a veces grita o llora, / te recuerda,/un cadáver con alma/ muerto a la vida/ y a la muerte vivo.[15]

En su eterno vaivén seguirán como olas la obra y vida de tu hermano a pesar del frenesí y la locura. Existe el círculo intocable donde se borran las huellas del maligno y prevalece sobre la escarcha, la presencia. Aquel hombre:

(...)
Enteco entre dos árboles
Lloroso, borrado, impalpable.
(...)
comienza a humear.[16]

---

15. Rosario Hiriart: *Último Sueño*, Huelva, 1998, pp. 42 y 41 («Dedicatoria»: A modo de reflexión sobre la muerte de Eugenia, mi hermana menor. A todos los hombres y mujeres de mi país que aspiraron al derecho legítimo de descansar el Último Sueño bajo la tierra propia, p. 7.
16. Todos los versos en itálicas son de José Lezama Lima.

SOBRE, DESDE FRANCISCO AYALA

(a Estelle Irizarry)

(...) el exilio constituye una circunstancia vital cuya influencia sobre el escritor es, por supuesto inevitable. Puede haber tenido efectos positivos y negativos, mayores o menores según los casos y personalidades; pero desde luego ha moldeado la existencia de todos nosotros, como por otro lado, las causas que dieron lugar a ese exilio han moldeado la existencia de los escritores que han desenvuelto su actividad literaria dentro (del país de origen) (...)[17]

I

Pertenezco a uno de esos grupos a quien la vida o el destino histórico roba carta de nacionalidad pero en cambio, con amplia generosidad, concede documento de fin de adolescencia (quizás deba decir demasiada juventud), durante el largo período de año y medio, ¿o serían algunos meses más?, por salud mental resulta mejor pretender olvidarlo; hasta que en un tris, inesperado juego de manos ejecutado sin consulta previa, ¿truco de sombrero mágico? Asombro. Viaje veloz de agujas implacables. De repente, dos

---

[17]. Francisco Ayala: «F.A. exiliado sin ira», *Confrontaciones*, entrevista de Miguel Fernández Braso, Seix Barral, Madrid, 1972, p. 63.

o tres años después, nos hace de golpe y porrazo, demasiado viejos. Los que pasamos por ello, conocemos bien la asignatura, yo puedo asegurarles que pasé las mías titulada con *summa cum laude*. De esa etapa (¿corta o doloridamente larga? ¿Se sucedieron interminables los días o pasaron rápidos los años?), mejor no hablemos todavía, no es bueno discutir el crimen. Llegará el momento en nuestro propio lugar, cerca de ese mar...

La década del sesenta nos lanzó al exilio, fui la última de mi inmediato núcleo familiar que pudo escapar del terror y la tiranía cubana, mis hermanos y padres habían logrado salir antes, nos reunimos en los Estados Unidos. Pasados los primeros años de hambre e incertidumbre, no de adaptación a una cultura e idioma tan distintos al nuestro, mientras ganábamos el pan en los trabajos menos imaginables hacía apenas semanas (fui a dar a una carpintería), existencia familiar tan próxima y como extraña contradicción, remota ya: dolía como herida recién hecha; obtuve por fin un puesto decente que me permitiría estudiar.

Influyó en mi formación (lo he declarado en repetidas ocasiones), el último coletazo del exilio español desde las aulas de New York University; allí entré en contacto con un profesor a quien aún a estas fechas, considero uno de los hombres de inteligencia más lúcida que he conocido en mi vida. Nuestro empeño era/es suprimir los paréntesis. La vida, como aquel sol de justicia, es estreno a perpetuidad; mientras se aguante, aquí estamos, porque igual que lo supo en su momento el entrañable profesor, conozco bien que tendremos regreso.

Ese hombre, exiliado él mismo, es el hoy Excmo. Sr. D. Francisco Ayala y García Duarte, ocupa el sillón «Z» en la Real Academia Española. Nació en Granada, es escritor y catedrático, vivió en muchas partes, ha viajado por medio mundo. Es, mi amigo. Me acompañan como carta de marear:

sus lecciones de vida,
algunos de sus conocimientos literarios,
el trabajo fecundo de sus libros,
el ejemplo de profundo respeto a la escritura,
el rechazo a la mediocridad en la palabra,
el deseo de conseguir páginas y libros de logrado valor estético
su postura de dignidad inquebrantable ante los acontecimien-

tos sociales que arremeten contra la libertad y la mejor convivencia democrática en toda sociedad humana.

II

Para mí este Paco Ayala que ha cumplido los noventa y ocho años, tiene voz de ancho volumen respetado en aroma de ventanas donde la memoria convoca hojas sin nombrarlas, conducta gentil en mitad de praderas reidoras, estrella firme con farol de espuelas en abundancia de nieves de secreto y ufano sobresalto. En él se advierten los argumentos de larga experiencia incrustados en remotas amatistas arenosas, playa imposible de tierra granadina dispersa en mares con olas de sabor americano.

Caracol sin trampa que emprendió camino de un continente al otro con su hija, esposa y hermanos: aires terribles que volvieron a escribir de experiencia de guerras junto a letras al parecer mudas. Labios de Isla grande para el viaje en barco que anclaría más tarde en hermosa ciudad del cono sur, vuelta al Caribe para fijar destino más arriba; hasta completar después fecundo periplo creador en tierra de origen primero. Vida: mujer sal que no pudo volver la cabeza por mordedura ósea de pájaros sin nombre, capaces de martillar en el lugar que paseaba el peine mojado por posibles y cobardes denuncias ejecutadas como ofrenda en cítaras desnudas.

Amigos antiguos que no sirvieron para instantes duros, parientes mutilados, afecto trenzado en hilos rotos y encontrado muchas veces y ninguna, en árboles nuevos y traiciones viejas:

>   tú sabes lo que de verdad existe
>   recuerdas sin amargura lo perdido
>   tienes confianza en el hallazgo
>   y preside tu perenne actitud joven
>   el descubrimiento
>   de cada ruido nuevo
>   capaz de tender puentes
>   de mármol suave

y cortinaje de balcón
sin estampa de santos falsos
envueltos en torres de túmulo
viajero y distante
distante siempre
del presente mismo
del futuro ajeno
del pasado que no existe
de este hoy recibido como posible mañana
y esta tuya y ya clásica eternidad
hecha palabra
palabra, testimonio y libros
que llevan como firma: Francisco Ayala.

III

Deseaba escribir un texto como homenaje al profesor-escritor que estrenó su figura de hombre público siendo muy joven, su primera novela es de 1925. Más de siete décadas en el oficio literario le han permitido ir desde aquellos primeros tanteos, pasando por una vanguardia de sensual alegría que jugaba con imágenes, hasta dejar plasmados los acontecimientos del enorme cambio espiritual producidos en el mundo entero: la guerra civil española, la segunda guerra mundial. Es la historia de pocos años

> *la gran crisis de Occidente que debía triturar al mundo entero después de haber arrasado y consumido a España... sorprendió a mi generación en la treintena de su edad...*[18]

---

18. Francisco Ayala: «Proemio» a *La cabeza del cordero*, (debido a las múltiples publicaciones que han tenido y siguen teniendo los escritos de Francisco Ayala, indicaremos los títulos citados pero remitimos al lector a consultar las ediciones más recientes dentro de sus trabajos de ensayo o las ficciones narrativas).

De su vida nos habla en *Recuerdos y olvidos*,[19] leyéndole entramos en contacto con hombres y mujeres que fueron o no fueron sus amigos, seres que conoció, ciudades en las que se ha detenido, experiencias vividas y, sobre todo (como he declarado antes), logramos en forma oblicua acercarnos al propio autor. La actualidad de trabajos escritos en los lejanos años de Buenos Aires[20] o su *Tratado de Sociología* terminado en Río de Janeiro, me producen siempre renovada sorpresa. ¿Cuál es el secreto?:

> (...) *he sido de aquellos que borran —y bien sé que en mi propio daño— los contornos de su figura social, quizá para sentirme en perpetua disponibilidad de espíritu frente al futuro, para evitar en lo posible la fatal fosilización del ser. Algo hay en mí que se resiste a cualquier propósito de detener y capturar el momento huidizo, una especie de repugnancia hacia el intento, por lo demás tan vano, de coagular el curso del tiempo, solidificándolo* (...)[21]

Es posible que debido a ello haya renunciado a un empeño que me llevó a largas pesquisas y no pocos viajes por mi cuenta o con Jorge: sacando fotos de jardines granadinos, visitando amistades en Buenos Aires, dando paseos por Nueva York; quise durante algunos años escribir su biografía:

> *Hace algún tiempo ya que Rosario Hiriart, tras haber trabajado con muy buen éxito en el estudio de mis obras narrativas, está empeñada en escribir mi biografía. Se afana por recoger datos, ha sacado fotografías de mis santos lugares, de las casas donde viví en España, de parajes que he recorrido, y va reuniendo cuánta cosa cree que puede ilustrar mis pasos sobre la tierra. Yo he procurado frenar su entusiasmo, pero ahora, en estos días, vuelve a la carga e insiste en su proyecto: que voy a cumplir los setenta y cinco años, y ésa ha de ser una buena oportunidad para publicar el libro que de sus investigaciones*

---

19. Francisco Ayala: *Recuerdos y olvidos*, Alianza Editorial, Madrid, 1988.
20. Francisco Ayala vive en Buenos Aires durante la década del cuarenta, allí publicará numerosos ensayos y literatura de ficción.
21. Ibídem., p. 17.

resulte. Le sugiero por mi parte que aguarde un poco más, y así podrá trazar por fin una biografía completa, pues mientras uno alienta, no cabe establecer todavía el perfil definitivo de su vida; y además, el episodio de la muerte ofrecerá de nuevo excelente ocasión y aún mejores auspicios para la publicación deseada. Se lo digo medio en broma; pero no es broma, no. Mal se imagina Rosario cuán temeraria empresa es acometer la biografía de alguien, sea quien fuere (...)[22]

Desde que mi querido Ayala escribió esas páginas han pasado más de veinte años y, sigue, para disfrute de nuestra ininterrumpida amistad, con hermoso aliento y sabia claridad. Su hija, Nina Mallory Ayala, prepara una nueva y buena traducción al inglés de una o dos de sus novelas; no olvidamos los ensayos de Andrés Amorós y el nombre de Rosa Navarro Durán, sin dejar de mencionar el aporte de la también colega universitaria y amiga: Estelle Irizarry.

La vida cambia para todos, hoy me interesan más mis páginas de imaginación que la obra crítica sobre otros escritores, además, se han venido publicando nuevos y muy buenos trabajos sobre su hacer. Destaco los de su nueva esposa: Carolyn Richmond. De entre sus múltiples estudiosos, alguien se dará a la tarea de escribir su biografía con buenos resultados y mejor acceso a sus páginas de todos los tiempos. Don Francisco Ayala ocupa por derecho propio un lugar indiscutible en el amplio campo de la historia de la literatura universal.

---

22. Ibídem., p. 21.

IV

Al volver la vista a esa diminuta ramita entre dos recuerdos, no se puede aislar al niño que posiblemente jugara con un caballo de cartón del hombre maduro detenido ante el encantamiento o desgano propio de la existencia cotidiana. Hubo de seguro un hilo fino de canas tempranas y vida tardía que ha formado templo enjoyado:

>   cazadores de medianoche
>   ojos remotos de avispas impertinentes
>   libando atrevidas del festón de una rosa
>   de artificio
>   sueño que cae lento
>   cristales finos donde se ha bebido vino del mejor
>   escanciando al mismo tiempo
>   acíbar de chillidos agrios.

El creador se propuso ser cáliz, flor y pétalo de siempreviva porque aprendió temprano que toda agua estancada se torna verde, como la del lago al fondo de mi casa de Nueva York, cuando no tenemos lluvia que hace correr raudo al riachuelo del costado que ya no duele:

>   contemplo las ardillas que saltan
>   mientras el cielo imprime un torbellino de cal fugaz
>   plumas ensangrentadas que asustan al tomeguín
>   en ese eterno y añejo patio
>   de mi otra perdida casa.

>   ¿Cuál es el color de tu bandera?
>   pregunta el inocente
>   y caen chorros de arcoiris
>   debajo del brazo del gigante
>   convertido en enano deforme.

>   ¿Escuchas?
>   los trineos pasean cuando hierve la nieve

una caricia leve nos dobla las espaldas
¿caricia o látigo?
se confunde el nominativo
al irrumpir los acordes de un himno cualquiera
que no he logrado aprenderme todavía.

Tú has visto pisadas en el agua y tersura en cada olvido, el hombre y la mujer pasaron por nuestro lado

sin dejar huellas ni sonrisa
otros regalaron su saludo
sin faltar quienes registraron gritos de mastines

hay gloria en muchos que viven recogiendo algas marinas sin presente, caracoles muertos de mar contaminado

pero yo he vuelto a sacar mi piano
bajo el granizo
cantando a la palma y a la caña
cuerpo que olvidó
el real y voraz recuerdo
del apetito que humilla.

Hombre satisfecho
vida serena de deber cumplido
sabiendo que mañana
amanecerás
ya para siempre
convertido en lo que eres:

palabra y memoria
memoria hecha palabra
palabra arte
arte para los de aquí y los del otro lado
mi lado, impreciso
el mismo
el de todos y, ninguno:

(...) nuestra misión actual consiste en rendir testimonio del presente, procurar orientarnos en su caos, señalar sus tendencias profundas y tratar de restablecer dentro de ellas el sentido de la existencia humana, una restaurada dignidad del hombre, nada menos que eso. Y eso, en medio de un alboroto en que apenas si nuestro pensamiento consigue manifestarse, ni hacerse oír nuestra voz. Pues si nos preguntamos: ¿para quién escribimos nosotros? Para todos y para nadie, sería la respuesta. Nuestras palabras van al viento: confiemos en que algunas de ellas no se pierdan (...)[23]

---

23. Francisco Ayala: «Para quién escribimos nosotros», *Los Ensayos, Teoría y crítica literaria* (publicado por primera vez en Buenos Aires, 1948).

PARA, CON GUILLERMO CABRERA INFANTE

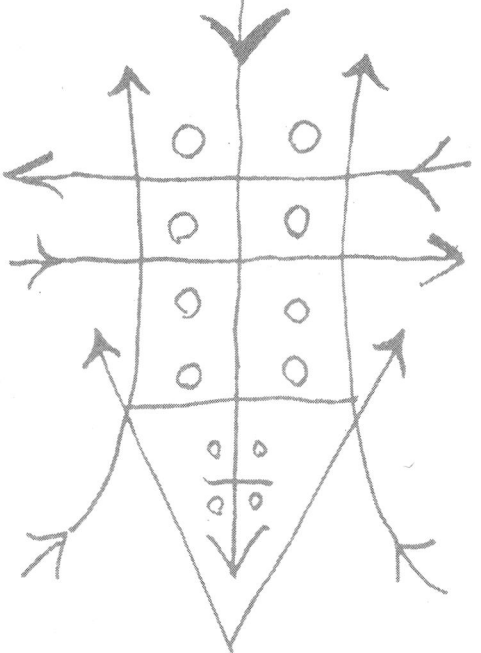

(a Miriam Gómez)

La Habana lucía bella desde el barco. El mar estaba calmo, una superficie clara de azul casi cobalto a veces rayada por una ancha costura azul profundo... La ciudad apareció repentinamente, toda blanca, vertiginosa. Vi arriba unas cuantas nubes sucias pero el sol brillaba fuera de ellas y La Habana no era una ciudad pero el miraje de una ciudad, un espectro...[24]

I

Guillermo, has dejado eternizada la ciudad que hiciste tuya, aquella Habana de un Infante vivo,[25] hoy ciudad de tantos infantes muertos. Tu palabra se alza como voz de perfil voraz hasta convertirse en punto central de anillo que puede agrupar a los pocos que seguimos barcos dedicados a denunciar la faena de batir palmeras. Pencas gigantescas que cubrieron techos de bohíos lejanos,

---

24. Guillermo Cabrera Infante: *Tres Tristes Tigres* (se indicarán en cursiva las citas pero no las páginas o edición consultada, debido a las numerosas publicaciones que ha tenido esta novela).
25. Referencia al título de G. Cabrera Infante: *La Habana para un infante difunto*, 1ª edic., Seix Barral, Barcelona, 1979 (título que de inmediato nos traslada a la conocida obra de Maurice Ravel: «Pavane pour une infante défunte», 1899).

regresando en viaje ávido y constante, como nudos que atan mis pestañas.

Olas en guitarra con cuerdas de granizo o tambor que fuera despedazado antes de encarcelarlo (aquel fiel Bongo, negro familiar y querido, cuyo único delito era vivir en mi casa), se impusieron silencios de muerte: errabundos y continuos. —Rechazo de antiguo presagio/refrán, «chivo que rompe tambor con su pellejo paga»—. Ésos te persiguen en la venganza al caracol a quien no dejan en paz junto a su casa; no les olvidemos. Alguna vez sus labios dejarán de hacernos beber los arañazos de las sábanas de aguas verdes causados por el sueño roto. Te juro que hoy he contemplado la multiplicación de los panes, ni siquiera había peces; se extendían por los barrios isleños largos corredores convertidos en puertas múltiples, oscuras y sanguinolentas: de cada una de ellas surgieron guerreros verde olivo, mustios y doblados. Sienten el miedo que inspira su cuerpo enfermo y siniestro ante la inevitable aventura de la ausencia:

Si los sueños de la razón dan monstruos, ¿qué dan los sueños de la sinrazón? Soñé (porque de nuevo me dormí: el sueño es tan persistente como el insomnio...

La miseria se confunde entre espejos murmurantes, detrás, cuelgan estatuas y carteles caídos de dioses que no fueron junto a muros que, desde todos los tiempos, quedaron derribados. Fragmentos enormes y pesados que al caer despiertan fuertes gemidos. Existen testimonios dentro y fuera; hay seres, debe haberlos, capaces. Atados a la lava que este año ha brotado desde el Etna, como las llamaradas recónditas que guarda en su corazón dolorido el Turquino. Ellos sobrevivirán. También anidan en ambos lados los que colaboran: son los llamados a desaparecer con el ocaso en la frialdad de una luna que anuncia el blanco de sus huesos.

II

No tengo nostalgias de aquel sol crecido porque supimos habitar dentro del polvo de una arena incontenible que ha llegado a ser desierto. Verás detenerse los pasos que son ya débil trote de bestia macilenta y siendo uno, encontraremos cada huella porque la noche cobrando forma de mujer, se asomará en «vista del amanecer en el trópico». Los hechos tendrán lugar en fecha temprana; antes, mucho antes de que todo en la intimidad, se convierta en «puro humo».

Escucho el pregón repugnante de visitas a ciudad tan poco conocida; cantada en el vituperio coloquial de muchos, dibujada en la mediocre escritura de algunos. Tú, Guillermo, nos contaste que «ella cantaba boleros» y al escuchar su música, presté toda mi atención cuando me acercaba a la expresión justa grabada con instrumento de orfebre conocedor de la burla deliciosa, súbita e inesperada:

> *Soñé que salía durante 68 días consecutivos,*
> *al golfo nocturno y no conseguía ni siquiera*
> *un pescado, ni una sardina y Bustrófedon y*
> *Eribó y Arsenio Cué no dejaban salir*
> *conmigo a Silvestre porque decían que yo*
> *estaba completa y definitivamente salao,*
> *pero el día 69 (un número de suerte en*
> *La Habana de noche: Bustrófedon dice que*
> *porque es capicúa)* (...)

La Habana, vestida ahora de hilachas desgarradas en colores amarillos, inicia una carcajada lenta, paseando junto al muro del malecón al que nos llevara tantas tardes de domingo, mi padre. Hembra en arranque de cante fuerte o bolero suave, cintura que perderá la inclinación y, erguida, en vuelta de revés (que semeja claroscuro de remate, rebaja; ganga de liquidación total, puterío de esquinas. Ellos, nosotros, todos, reconocen que es hambre de llanto), comienza un pálido aleteo y sangrando aún, vislumbro tras su medio vestir o desnudez total: seguro anuncio de nuevo resplandor.

III

¿Cuántos premios te han sido negados?,[26] no puedo ni debo enumerar o mencionar siquiera (opino que no valen la pena), las innumerables componendas a las que te has negado.[27] ¿Cómo citar nombres de los inútiles que se te acercan con tarjeta de discípulos o seguidores?: les conoces aunque crean los tunos que su música no quedó identificada aún antes de que traspasaran tu puerta o llamasen a tu casa de Londres. «Mea Cuba» tiene la claridad total de tu palabra. Reveladora de la esencia a la que nos llevas en la creación imaginaria donde apuntas siempre a una realidad distinta y más profunda. Afirmé como entendía tu escritura en aquel curso de El Escorial.[28] Mi razonamiento fue a don Miguel en rastro del gran loco de todos los senderos, busqué allí los hilos que trazaban camino a tu escritura. Pregunté ¿para quién escribe este hombre y qué tienen sus libros que despiertan tanto malestar en mucha gente?:

El tema de Cabrera Infante es una gran metáfora que se llama Cuba. Esa recurrencia temática que le caracteriza es propia de auténtica creación artística. Pienso que la vida nos hace. Somos protagonistas de nuestra propia circunstancia sostenida en batalla íntima que es tensión vital y también, desgarramiento. La dictadura cubana terminará, no hay proceso histórico con raíces de eternidad. Sin embargo: tus trabajos, todos ellos, se presentan en un marco de veracidad que logran en forma repetida mayor dimensión que el acontecer mismo. Como contradicción, los hechos y hombres de hoy dejarán de existir. Siendo entonces posible que después de ellos mismos, per-

---

26. G. Cabrera Infante recibió el «Premio Cervantes» el año 1997.
27. G. Cabrera Infante renuncia el 16 de marzo del 2000 al título de «Doctor Honoris Causa» que le fuera concedido por la «Florida International University» de la ciudad de Miami.
28. Rosario Hiriart: «La recurrencia temática o Guillermo Cabrera Infante» (Conferencia pronunciada en 1997 en un curso sobre G. Cabrera Infante en El Escorial. Inédita hasta la fecha).

manezcan tus páginas por su calidad intrínseca e indomables denuncias; dentro del espacio que la vida nos permite percibir como atisbo de perdurabilidad.

Narrativa, ensayos, artículos, guiones de cine, distinciones, cursos, traducciones, prólogos, comentarios inteligentes: páginas que intentan una vez y muchas, descubrir y descubrirnos con humor y estilo muy peculiares, la realidad de la vida humana en que estamos inmersos y por ende, enfrentarse a la sociedad y sus instituciones. Nada más ni nada menos que interpretar el curso del sentido o sinsentido del propio e individual acontecer del hombre y su entorno en el momento histórico en que nos ha tocado representar papel: capítulo de novela que nos tocó vivir.

IV

El ángel tenía en su mano un libro-pistola.
¿Sería San Antón? No era un
libro-pistola, ni siquiera un libro, era
una pistola, simplemente, larga, que
movía frente a mi cara. Pensé que sería
un libro porque cada vez que oigo la
palabra pistola, echo mano a mi libro...

Tu palabra se enfrenta, les sacude, lluvia pertinaz, pequeñez increíble de una letra diminuta en su soledad, tormenta de trópico en páginas cosidas. Adivinas el color e intención de sus rostros: te llamo desde Nueva York o Madrid; y tanto Miriam como tú, tienen la información precisa, la noticia exacta. Les obligaremos a recordar mostrando testigos y pruebas impresas en viejas fotografías o películas que congelaron para siempre las imágenes de sus crímenes. Isla en giros continuos, mar que se volvió violeta al teñirse con cuerpos de balseros, seres silenciados que parecen fantasmas arrastrando cadenas: girasoles líquidos, inadvertidos y durmientes.

Entiendo la angustia padecida pero no hay que pasar por alto el vidrio cubierto por el musgo en tierra de sol constante, dime:

¿crees que existe la luz que guarda crepúsculos de miedo?
¿hay hombres que pueden ser buenos siendo mensajeros a sueldo?
¿la vergüenza se viste de vendidos o comprados cuernos?
¿existen animales salvajes que duermen sobre montículos de piedras que no tiene la geografía?
¿hay en esa Isla jirafas entonando salmos en las vegetaciones diurnas?
¿quién denunció a mi hermano?
¿por qué estamos donde no escogimos lugar ni señas?

El ser odioso no es perdonado, no podrá vivir en la caricia de su giba o raspando su costado. Nadie demanda secuestro de bienes que ni siquiera existen pero aspiré al derecho legítimo a descansar su «último sueño»[29] bajo la tierra propia para mi madre y, no lo tuve. Las noches ajenas ahondan como cuchillo afilado y, lejos, aprendí que nuestro mar, libre de postigos, ausente de persianas, es capaz de mojar sediento mis muslos, aunque a veces habite en tierras de secano.

V

Sobre las aguas dormidas de aquellas olas, haces despertar nuestros espejos y la memoria, en su cámara ignota, regala la sorpresa que debe vestir en cada instante el ejercicio cierto de quien maneja la letra para que no quede confuso o perdido con el texto falso y perecedero del cuentacuentos insolente que desconoce el oficio. No molestan ya los insectos en los ojos, hemos visto a la

---

29. Rosario Hiriart: *Último Sueño*, Huelva, «Colección de poesía Juan Ramón Jiménez», 1998.

envidia vestirnos de inocentes y discretos. Callamos, sabiendo que los pájaros ni en invierno, ruedan nunca por la nieve. Entonces, me los saco, salen de sus cuencas y los lanzo al vacío, prefiero la oscuridad de la mirada a la escama siniestra que aterroriza al hombre cuando la maldad le persigue o calumnia. Me he asomado a muchas vidrieras de joyerías y nunca he visto la preciada piedra protectora que dicen le regaló un chicherekú por milagro confabulado de escaparate antiguo. Changó, llegado el día, se ocupará de los chorros de agua que viajan en trineo, como hiciera el malvado con los cuellos que desaparecieron desde el Morro o la Cabaña. Viejos castillos de la España colonial convertidos en falsos palacios de cultura y propaganda: «Egú fan» con su «egugú» porque en su momento, nada temerán. Lydia lo advirtió:

«Egugú orisa la solo dó la Eshu bá okuá niyé kin bá kua niyé.»

En *El patio de mi casa*[30] contemplé el asesinato de los colores del arcoiris reventón y bajé las escalas de todo el pentagrama hasta quedarme sin aliento:

allí descansaron, atadas
las manos de mi padre
y su sombra se escondió en el cielo
de todas las preguntas.
Allí nos cubrió el miedo
y nos amamantó el desamparo.
Ahora, en duermevela
me entrego a las lámparas
donde se perdieron nuestras sonrisas.
Agradezco tu decir de noches crecidas
que no pude estrenar
verano eterno con canto de sinsonte
flor sin pétalos
a fuerza de deshojarla.

---

30. Rosario Hiriart: *El patio de mi casa*, Icaria editorial, Barcelona, 2000.

Contribuiste en el arsenal de muchos, a fabricar mi hondura.

> *...ya no puedo más registra y registra y*
> *registra que viene el mono con un*
> *cuchillo y me registra me saca las*
> *tripas el mondongo para ver qué color tiene*
> *ya no se puede más.*[31]

por tu probada dignidad
por tu hacer en la palabra
por las denuncias a tantas
y cada violación
a nuestra tierra
te bendiga y cuide Dios.

Nos guarden y te guarden
los Santos Orishas:

Guillermo Cabrera Infante.[32]

---

31. G. Cabrera Infante: palabras que concluyen la novela *Tres Tristes Tigres*.
32. Todas las citas en cursiva son de Guillermo Cabrera Infante en la novela *Tres Tristes Tigres* (primera edición: 1967, ha alcanzado un sinnúmero de impresiones y traducciones a múltiples idiomas).

CARTAS ENTRE DOS AMIGAS

(al grupo de Baxter)[33]

---
33. Véanse los nombres al final del texto.

La Habana, 3 de febrero de 1962

Querida Meri:

Cuando recibas mi carta ya no estaremos en casa. No sé si me vas a perdonar mi amiguita pero Papi no me dejó avisarte que nos íbamo, por Dios Meri no te creas que te escribo a lo loco. Esta carta la llevo pensada mucho tiempo. Hace como más de una semana te la escribo mucha veces en la cabeza y la vuelvo a empesar, estoy más bruta que nunca desde que Mami me dijo que nos íbamo a Miami pero hasta hoy no me dejaron escribirte de verdá.

Te juro mi amiga que no le escribo a más nadie porque no puedo pero tú eres mi íntima. No le avisamos ni a la familia de Mami. Papi dijo que era un secreto y que era cosa de ser responsable porque yo ya era una persona grande.

Mi amiguita te tengo que pedir tremendo favor. No dejes de hacerlo te lo suplico. Habla con Enrique, dile que sí que SÍ. Yo voy a pensar mucho en él pero sólo me dejan hacer una carta. Papi hizo todo muy raro. Va a cerrar la casa con todo adentro, mi Mami está muy triste. Días de mucho miedo. Las titas tan chismosa tampoco se enteraron ni el tío José porque se metió a miliciano y le cogimos miedo. Mami con misterio pasó las sillas del comedor y la televisión a Cachita, las medallas de las monjas del colegio están en la cajita que me regalaste con las fotografía de nosotras dos de la primera comunión. Guardé en donde tú sabes la tuya porque dicen Papi y Mami que regresamos dentro de tres meses. Papi dice que nos tenemos que ir porque no quiere que yo vaya a la agricultura, que la caña la corte el padre o la madre que los parió (¿tú cree que él los conoce o serán familia suya?) Oye Meri si te vas a hacer novia de Alberto ten cuidado mi amiguita, es buena gente pero su hermana mayor fue quien dio el chivatazo de Conchita y la metieron presa cuando el desembarco, el de verdá no el de todas las semanas, se armó la gorda pa nada.

Yo sí quiero Meri que tú me escriba que eso no se te olvide nunca. No me disen Papi y Mami la dirección a dónde vamo pero ¿te acuerdas de mis primas las hijas de Yeya? Allá están Ali y Sarita. ¿Recuerdas cuando nos retratamos las dos en el Ten Cen?, aquella tira larga donde parecemos negritas, recortamos dos fotos. Tú se las mandaste por correo y tienes la dirección. Ellas no me van a botar tus cartas. Hay mucho misterio en casa y más cosas raras, manías nuevas con las visitas. Todo raro de verdá. A Camagüey ni llaman, se fueron mis tíos con abuelita hace dos semanas y no vinieron a quedarse en casa ni nada. Dice Mami que tengo que terminar que es muy largo esto. Te dejo mi amiguita del alma y te juro que te quiero mucho,

Rosalía

Habana, 24 de febrero, 1962

Mi amiga Rosalía:

Mi amiguita cuánto lloré con tu carta, dice Mamita que se secó el Almendares pero te juro no podía parar las lágrimas. Papá se puso rabioso y dijo cosa que no te cuento de tu Papi y Mami no malas pero no eran bonita tampoco.

No voy a enseñar mi carta y tú debe hacer lo mismo, así podemos escribir lo que sea. No te escribí antes porque estaba loquísima buscando la dirección de Alicia y Sara y hasta que la encontré no paré con nada no podía dormir ni hacer tareas. Mis hermanos se rieron de mí. Tú mi amiga más querida te me has ido, ya ni sé lo que me va a pasa. En casa hay más peleas que nunca y Papá con su furia de siempre. Nunca jamás voy a caminar por tu puerta me pone triste y me entran gana de llorar, está todo vacío y sin ti. Lloro mucho y ¿tú mi amiguita también? Ahora entiendo lo que dice la gente grande, la vida es una cosa tremenda.

Busqué la fotografía de la primera comunión de las dos juntas cuando éramo unas enanas y la puse en un marco en mi mesita del cuarto y no te rías le doy un beso algunas veces para que te llegue.

Vi a tu Enrique, no sé si se puso triste porque estaba habla y habla con la chinita, la hija del que tiene el puesto aunque a lo mejor sólo fue a comprar un helao pero yo te lo vigilaré por si acaso. Alberto ¡mira que eres! menos mal que no leyó mi Mamita la carta. Es un secreto. No estoy segura no se te olvide que tengo incondicionar a Juan que es muy bueno conmigo y también contigo Rosalía. Nos compraba churros y guarapo. Te quiero echar la carta enseguida porque como estás tan lejo sabe Dios cuándo te llega, la tuya me llegó rápido en cantidá.

Los día que no sabía de ti, me dijo mi Mamá que seguro se habían ido urgente para Camagüey porque se moriría la abuela y que no estuviera en el teléfono llamando a tu casa todo el santo día. Pero entre nosotra dos, yo te seguía llamando cuando ella no estaba porque estaba triste, triste.

Bueno mi amiga del alma tú cuídate y escribe todo pero TODO lo que te pasa, dale cariño a tu Mamá y un besito a Alicita y Sara y que se pasen los tres mese muy muy rapidito porque te quiero mucho,

Meri

Miami, 14 de marzo, 1963

Mi amiga Meri:

Tu carta la leo y la vuelvo a leer cada cinco minutos, dice Mami que se va a romper el papel porque también lloré. Yo misma recogí la carta en el buzón del apartamento, estamo con Alicia y Sara pero nos vamo a ir de aquí porque esto es provisional, no cabemos.

Mi amiga ¡tu carta! que buena eres, me escribiste. La única vez que estoy contenta porque todos están de llorar y serios. Mi Papi ayuda a las primas y Mami pero se queda en casa y ella sale a un trabajo que le buscó la tía Rosita. Se llama la tomatera, las do van juntas pero cuando regresan están cansás. Sarita le trajo una crema para las mano y le da unos masajes, ella vende suéters en un carrito del mercado y yo la acompaño, así paseo y conozco a los vecinos. Todo es muy diferente al barrio de nosotra y la casa y todo.

Fui a una escuela de la iglesia pero no me admiten. Dicen que espere hasta el año que viene, eso no sirve regresamos ante. Papi dijo que tenía que ir a la pública, tambien me queda cerquita. Hice unos exámene pero me atrasaron dos grados porque no entiendo nada. Todos hablan en inglés. No les voy a enseñar mis cartas así que puedes decirme lo que quieras. Mira mi amiga del alma esto no me gusta, la verdá.

Se lo dije a Papi y me mandó a callar, que los muchacho hablan cuando las gallinas mean. Javier está trabajando por las noches y va a la escuela por la mañana. Quisiera trabajar pero Papi me dijo que soy una loca ¿tú me has visto loca mi amiga? Sabes bien que no estoy tocada es que me da pena con mi Mamá por su cansadera, otras muchachita ayudan en el mercado a llenar cartuchos y ponerlo en las máquinas. Les dan como un peso de propina.

No te quiero contar de aquí, total nos iremo pronto y NO voy a volver. Quiero que tú me cuentes de allá y de la gente. No te olvide de Enrique, me fastidió lo de la china ésa. Haces bien en no hablar de Alberto, recuerda lo de la hermana y lo que te dije en la carta... Juan es bueno pero muy aburrido. Me tienes que decir de mi casa y si mi amiga pasa por la calle, dime si ya abrieron el colegio de las monjas. Le escribí a Sor Catalina la gorda, pero no me contesta ni el Padre Raúl. Dice Papi que los curas y las monjas son para recoger pero no se les puede pedir na nunca porque no dan ni la dirección.

Te cuento algo que sí es muy bueno aquí, el helado y los mercados. Se dice supermercado, grandes como campamentos y llenos llenos de millone de cosas, muchas. No vamos al cine los domingos ni nada. Hablan y hablan y ellas tienen una televisión que miramos todos, luego esperar para llamar a la Habana no hacemos nada más los domingo. Es el único día que Mami no recoge tomates. Por eso hoy me puse en un rincón para escribirte total no entiendo esos programas ni nada.

Alicita trabaja en un lugar más bueno que Sara, ella habla inglé. Se acordaron mucho de ti, me sacaron las fotografías negritas del TenCent. Allí trabajaba la madre de Marina, no me acuerdo bien del nombre creo que se llamaba Cecilia, esa gente está aquí y hay muchas persona que conocemos las dos.

Bueno mi amiga no me olvides por nada y como ustede van tanto a la iglesia reza por mi Mami y Papi y para que volvamo muy pronto. Le das un besito mío a tu Mamá y tu hermana Elena que es tan buena conmigo, te quiero mucho, mucho,

Rosalía

Habana, 19 de mayo de 1963

Querida Rosalía:

Un beso muy grande. No se te ocurra pensar que me demoro por gusto en contestarte es que aquí hay mucho trabajo. Papi ayuda en una iglesia desde que se fueron casi tos los curas y mi Mamita corre que te corre con su comité de ayuda en el barrio. Yo no estoy nada de vaga, también ayudo pero no tanto como mis hermano grande, voy a veces con Elena a las reunione y tengo muchas clase.

Que buenas tus primas en acordarse de mí, se lo dije a Mamá y a todo el mundo pero no me hacen caso con sus diligencia importantes. Algunas veces voy por tu antigua casa. Ahora sí hay gente adentro y dice mi hermano que la ocupan dos familia. El barrio está diferente hay mucha gente que no conoces, buenas personas, son de otros lugares, gente muy importante.

La china del puesto de la esquina trabaja con Mamá en el comité, ni te preocupes por eso y Enrique. Él está estudiando ahora en otro lugar muy lejo. Me dijeron que lo mandaron a Pinar del Río.

El gallego Manolo se fue para España con toda la familia, dice la cuñada que vuelven el mes que viene que son revolucionarios y no gusano pero la madre se está muriendo. De lo mío con Alberto y Juan sigo en lo mismo. Me gustan los do, ya no vamos tanto al cine pero tenemos otro televisor en casa. Mucho mejor y mueble más finos que consiguió mi otra hermana. Creo que me gustan pero no estoy segura. La televisión sí, es un aparato grande. Estoy estudiando para ser la primera en todo, ya tú verá.

Me hablaste de una cosa rara, que tu Mamá es recogedora de tomates, que extraño pero me dijeron que allí todo es muy raro y la gente también. Oye los helados de nosotros son muy buenos, se te han olvidado ya. Mi amiga me acuerdo siempre de ti y te sigo queriendo de verdá,

Meri

Nueva York, 27 de septiembre, 1963

Querida Meri:

Pensarías que se me olvidó tu cumpleaños, ni hablar. Es que vinimos para Nueva York y tu carta la recibí a fin de agosto, ¿cuándo la pusiste en correo? Mis primas me la mandaron tan pronto como llegó.

FELICIDADES mi amiga (ésta te llega a tiempo porque la pongo anticipada) y le pido a todos los Santos que para el año que viene apaguemos las dos juntas las velitas tuyas y las mías. Ya hablo mucho, todavía no muy bien. Me cuesta aprender este inglés pero vemos mucha televisión porque Javier y yo encontramo un aparato tirado en la esquina y lo cargamos para la casa y funciona, aunque no es de colores como el que teníamos en mi casa pero se ven películas.

Estamos más contentos que antes, mi Papá trabaja y está feliz. Mami también pero cosiendo en una factoría. No es raro lo de la tomatera. Pagan y es honrado y las señoras son gente que conocemo de antes. Fíjate que se encontró allí a las Fernández Álvarez, las Pérez y a la tía de los Cosío. En Miami nos reuníamos mucho por las noches los domingos. Aquí todo volvió a cambiar y hay otra gente.

El barrio en que vivimo no es bueno, pero no podemos mudarnos. Papi dice que tenga mucho cuidado al regresar de las clases y a veces me recoge Javi o Mami. Pero tenemo más espacio. Alquilamos un apartamento y hay un baño con su cocina chiquitica y lo acabamos de pintar entre todos. Luce lindo de verdad aunque había más luz en Miami, eso sí y el mar donde fuimos una vez. Aquí es diferente. No dejes de contarme cuando te decidas por Juan o Alberto, no te preocupes en decirme mucho de Enrique porque lo de la china no me gustó nada. No pienses mi amiga que estoy en algo te lo juro, no tengo ni tiempo. Si algo me pasa en eso, te lo escribo TODO.

Ojalá pases un feliz cumpleaños y puedas ir a la playa y no llueva ni pasen frío. Me hubiera gustado mandarte un regalito, te lo debo mi amiga. Cuídate mucho y que Dios te cuide más, tu amiga

Rosalía

7 de diciembre de 1963

Querida Meri:

Te escribo muy preocupada, no anoté la fecha exacta pero te escribí antes de tu cumpleaño y no he recibido nada tuyo. Pienso si estará alguien enfermo en tu casa o se mudaron. No quiero ni maginarme que puedo perder contacto contigo.

He vuelto a escribirte por si se perdió la carta y te has fajado conmigo nunca te pongas brava por favor. No te voy a escribir mucho, lo que deseo es echarla al buzón y que tú la leas pronto porque mañana será una fecha que recordamos del colegio, teníamos tremenda fiesta con lo de la Virgen. A tus padres le gustaba mucho. A los míos sobre todo por Papá no tanto porque decía siempre lo de menos santos y más patria. Manías que ahora repite menos pero lo que sí no quiero es que vaya a pasar la Nochebuena sin que me escribas.

La otra noche hablamo muchísimo de cuando nos reuníamos para la cena y lo bien que asaba tu Papá el lechón. Dale un beso a tu Mamá y hermanos y para ti mi cariño de tu amiga de verdad,

Rosie

La Habana, 28 de enero de 1965

Querida Rosalía:

Sí me llegaron tus felicitaciones de cumpleaños y te las agradezco. El asunto es que estamos la mar de ocupados. Nos hemos cambiado de casa a una más grande y cómoda. Mamá puede tener su despacho y recibir a gente que en la otra no era posible.
Tengo una noticia que nos tiene muy contentos, mi hermana mayor se va a estudiar a Rusia este año, hace tiempo está en clases de idiomas. Me dice que te manda saludos. Mi padre está también muy feliz, consiguió permiso para que esa iglesia tan fea del barrio que era de nosotros, la transformen en un teatro como Dios manda y tendremos artistas de los buenos de verdad. Mi hermano es periodista oficial (todavía está de aprendiz porque no ha terminado), Mamita dice que allí se hará un miliciano de provecho.
Preguntabas por Alberto y por Juan. Al primero no quiero ni verlo y el segundo tan fiel que lo creíamos, resultó un gusano cobardón. Salgo a veces con Pedro pero no lo conoces, vivían en Oriente en un pueblo cerca de Manzanillo, su padre fue trasladado aquí. Esta noche iremos los dos a una gran fiesta del Apóstol pero dudo que se pueda comparar con la que celebramos el 26 de julio, fue algo maravilloso. No olvido tu cumpleaños a fines de este mes, aunque te llegue tarde mi carta, te recuerdo y quiero mucho,

María

Nueva York, 27 de abril de 1965

Mi querida Meri:

Recibí tu carta con mucho retraso. No te imaginas lo preocupados que estuvimos al no tener noticias por ninguna fiesta. Nos alegramos mucho por la nueva casa. Lo que más me interesa Mari es lo que me cuentas de ese Pedro, si te cae bien mi amiga, adelante con los faroles. De lo importante que es tu Mamá, cuánto me alegro. Pensamos y hablamos de tu padre, les conté lo de las cosas de teatro y nos divirtió, nos pusimos contentos por ustedes. No tengo demasiado que contarte, sí decirte que estudio mucho pero también trabajo o al revés. Trabajo todo el día y de noche me voy a clases con Javier. Mami va a clases de inglés el fin de semana y mi padre ya está en un trabajo mejor.

Nos vino a visitar una prima de Juan, el flaco que era medio novio tuyo, no sabíamos que estaba preso, ¿por qué no me lo escribiste?, me dio mucha pena. Sería aburrido pero era bueno con nosotras. Tambien contó que a Enrique no lo mandaron a Pinar del Río, dicen que lo fusilaron, ¿es verdad?, no tenía mucho con él pero me gustaría saberlo para escribirle a la madre y sus hermanas.

Nosotros bien y contentos, queremos mudarnos de este barrio tan feo para Queens, es más lejos pero hay gente mejor y algunos árboles. Lo que dice mi Mamá que ella extraña es el mar, nos reímos y hacemos chistes porque evitamos ponernos tristes. Sara y Alicia siguen bien en Miami, trabajando. Espero que en dos o tres meses podamos regresar todos. Te quiere mucho,

Rosie

Nueva York, 20 de mayo

Querida Meri:

No te escribo para contestar ninguna carta porque nada sé de ti. Por la fecha nos recordamos mucho de Cuba. Como la vez anterior se demoró tu carta, era del 28 de enero (ahora apunto las fechas para tener un buen récord), tiene que haberte llegado.

A lo mejor estás muy enamorada de Pedro y no tienes tiempo para escribirme, no te preocupes. Yo te quiero igual. Sigo estudiando y trabajo. Fuimos a un acto cubano anoche temprano. Papá como siempre con su Martí, nos sigue dando los discursos pero ya no le decimos nada, Mamá no quiere, nos dijo que el pobre bastante tiene.

Le doy gracias a Dios de que pasó el frío y nos llegó el buen tiempo. Para el otro año si no estamos allá, me compro un abrigo más gordo pero nos arreglamos todos muy bien y lo que importa, estamos contentos. Mi amiga si puedes, escríbeme algo de Juan y Enrique. Cariños de parte de mis padres y mi hermano Javi, te quiere mucho,

Rosie

La Habana, 24 de julio de 1966

Querida Rosalía:

Recibe un beso. Me llegaron tus cartas pero todo es correr y se termina el tiempo, Pedro no tiene nada que ver para que yo escriba. Somos independientes pero sí me gusta. Estoy en los preparativos de la Comisión Juvenil para el 26 de julio, cree mi amiga que sólo tengo tiempo para ponerte dos líneas.

De los dos tipos que me preguntas ni valen la pena. No tengo información que pueda pasarte, nunca más vimos a Juan, menos a Enrique. No te olvides que nosotros nos mudamos de ese barrio y no tenemos tiempo para ver aquella gente. Mis padres viven resolviendo cosas para muchas personas importantes.

Papá tiene un nombramiento alto de militar en estrategia de no sé que asuntos y está muy feliz. Mis hermanos todos muy contentos, como yo. ¿A que no adivinas quién está de asistente suyo?, nada menos que Alberto, sigue alto y tremendo pollo pero yo salgo con Pedro. Mi querida amiga de siempre cuánto lamento que tus padres decidieran irse de la patria. Tú no tienes la culpa, claro. Te sigo queriendo,

María

Nueva York, 2 de septiembre

Querida María:

Me llegó tu cartita y nos alegramos de saber de ustedes. Vemos que nunca tienen tiempo para nada. No vayas a creer que te escribo para causarte problemas, lo hago esta vez además de porque te quiero como siempre para pedirte un favorcito en nombre de Mamá: vinieron a casa de nuevo no sólo la prima de Juan, la tía y su madre. Están desesperadas Meri. Por favor dinos si es verdad que él está en la Cabaña y si es cierta la muerte de Enrique.

Me partió el alma verlas llorar. Son unas pobres gentes las infelices. Llaman cada mañana y a veces en la noche para averiguar si hablamos con ustedes pero mi padre no quiere llamar a tu casa porque nos dijo que puede comprometerles. En fin María, cuando puedas encontrar un ratito, me escribes.

Te quiere,

Rosie

Nueva York, 7 de octubre

Querida María:

Me vas a perdonar que sin contestarme tú (tampoco sé si quieres hacerlo), vuelva a escribirte pero no puedo evitarlo. ¿Sabes por qué?, me desespera mi madre con sus ruegos. Mari, seguimos sin poder comunicarnos con el pobre Juan y sí, está preso. Tu padre tiene mucha influencia en los tribunales especiales: habla con él, te lo imploro.

La hermana de Juan sale desde hace tiempo con mi hermano Javier. Por favor María procura ayudarnos, sólo queremos saber si sigue en el mismo lugar y en que paró la condena. Dicen que después de la visita de una periodista americana dejaron salir a muchos y se espera que vuelvan a soltar dentro de nada a otro grupito, ¿es cierto?

Gracias por todo lo que puedas hacer. Con mi cariño,

Rosalía

Nueva York, 7 de agosto de 1978

Querida María:

Te debe extrañar que escriba. No creas que lo hago para pedirte un favor, es una carta de cariño. Miro el almanaque y me asombro... Salgo mañana para Miami. Me caso el sábado y no sé por qué, anoche estuve pensando muchísimo, en ti.

La vida no es tremenda como decía una carta tuya (las guardo todas y ayer volví a leerlas: una por una); es un poco cruel. ¿Seguirías con aquel Pedro? ¿Qué será de la vida de toda tu familia?, te busco siempre en mis recuerdos y, sigues en todos.

Mis padres por la mala salud de Mamá, se fueron a vivir a la Florida. Javier se mudó primero con su mujer y allá encontró un puesto magnífico, yo tuve que quedarme para terminar en la universidad; además, tenía aquí un contrato de trabajo. No pude irme con ellos aunque lo deseaba, me quedé un poco tristona pero todo pasó rápido. Sólo quería que supieras que me caso el 10 de agosto y que te llevo en mi corazón.

Hablábamos tanto imaginando este día y todo lo que haríamos, ¿te acuerdas? Eran planes fantásticos. Mi boda será poca cosa (aquí la familia de la novia corre con los gastos de la fiesta), nosotros no podemos hacer nada extraordinario. Mi novio es muy bueno, lo conocí en la universidad, es también cubano. Se llama José.

Un beso,

Rosie

Nueva York, 6 de febrero

Meri:

Apenas dos líneas. Mamá está muy malita, Papá y Javier me llamaron porque ven que se le acerca el final. Quieren cumplir un deseo de Mami: que podamos echar en su tumba un puñadito de tierra del jardín de casa. Van a la Habana unos turistas españoles y te van a llamar (Javi consiguió tu número de teléfono), se ofrecieron para el favor. Sé que es una bobería pero comprende...
Me voy unos días a Miami para estar un poquito con ella. Meri, gracias de todo corazón,

Rosalía

La Habana, 4 de diciembre de 1980

Querida Rosalía:

Mira que vuela el tiempo. Te sorprenderá mi carta, puede que ni siquiera te llegue aunque la envío al remite del último sobre. Nosotros muy bien. Yo me casé antes que tú pero no por la iglesia (recibimos la invitación de tus padres), tengo un varoncito muy mono y una niña preciosa. Lo de Pedro se acabó hace mucho, resultó un desgraciado. Mi esposo se llama Fermín.

Te escribo porque mi hermana mayor después que terminó en Rusia, la enviaron a Berlín; ahora irá a Washington para ampliar estudios y Mamacita desea que se ponga en contacto contigo. Ese país es muy grande y difícil, ustedes son los únicos amigos que tenemos de verdad.

Mi amiga, no dejes de echarle una mano a mi hermana. Papá te lo agradece de antemano, él está ahora por Checoslovaquia porque Elena terminó sus estudios en Praga.

Mucho cariño. Como siempre,

María

Nueva York, 27 de septiembre

Querida María:

No quiero molestarte. Antes te quiso escribir Javier pero no lo dejé. Deseábamos comunicarte la muerte de Mamá primero y mi padre después, hasta cierto punto nos alegramos; estaban acabados, fueron muchos sufrimientos. Los dos te recordaron siempre: pienso que unían tu familia a la idea de aquella Cuba.

Hoy, recogiendo la casa para irnos José y yo con los muchachos hacia Miami (la compañía lo traslada y estamos contentos por estar cerca de los hermanos), te recordé mucho. Javi que vino para ayudar con los tarecos, encontró un paquete con tus cartas. Es posible que no tenga tu dirección correcta. Ni siquiera estoy segura de que recibirás ésta. Pienso y no puedo explicarlo bien, que la vida se nos va en un abrir y cerrar de ojos.

Aprovecho para felicitarte por el cumpleaños, para ti era siempre una gran fiesta. Me hacías reír. Curioso, ¿te acuerdas?, a mí me daba apuro, pena de que la gente me regalara cosas y todo eso. Ojalá seas muy feliz con tu marido e hijos. Javier y yo (también Pepe aunque no lo conoces), te deseamos lo mejor,

Rosie

Miami, 20 de mayo de 1992

María:

Sospecho que esta carta después de tantos años sin contestarme ni saber nada de ti, te causará sorpresa. Me explico: teníamos Pepe y yo la ilusión de conocer España y la escuela parroquial donde enseño (la misma en que estudiaron los muchachos), preparó una excursión por lo del Quinto Centenario y lo pensamos hasta que los hijos nos forzaron casi al viaje.

No paramos de ver lugares y monumentos. Todo lo que durante años y años enseñaba a mis alumnos. Pero no escribo por esa tontería. Te imaginas el impacto que me produjo ver en un periódico de Madrid el anuncio de una conferencia que daba tu madre: ¡Dios! Obligué a Pepe y nos fuímos al Ateneo. En la puerta, sentí escalofríos. No me quedé a oírla pero la vi de lejos. Tu madre luce bien y todavía joven, ¡cuántos recuerdos! Estaban con ella dos mujeres jóvenes, una se le parecía, quizás era hermana tuya; puede que sí porque llevaba como tu madre, unos collares de colores. Pepe me peleaba pero ¿qué te puedo decir?, no tuve el valor de acercarme.

Al releer los párrafos anteriores en la pantalla de mi computadora, me parece que te escribo por gusto. No contestes si no quieres, creo que ni siquiera vale la pena. De pronto te había recordado, eso es todo. Recibe mis saludos,

Rosie

P.D. Ésta te la hago llegar a la dirección del Ministerio en que es jefa tu madre.

La Habana, 7 de octubre, 2003

Mi amiga Rosalía:

Te hago una carta rápida y urgente. Mi marido primero, yo después con los hijos, queremos... Tenemos que irnos de aquí. No sé si puedes entender. Todo es un desastre total. No hay ni para comer aunque siempre él consigue cosas por tratamiento especial. Tememos (por motivos que no puedo detallarte) la situación que se avecina. Esto está que arde. No dejes de ayudarnos mi amiguita de siempre, sé que son muchos pesos los pasajes porque somos muchos. Un amigo te entregará la lista con los nombres completos (La dirección del sobre no es la nuestra. El «amigo» te dirá a dónde debes mandarlo TODO). No exagero nada, esto ya no da más. Por favor contesta de inmediato.

Nunca te hemos olvidado y Fermín también te quiere muchísimo. Tu siempre fidelísima,

Mary

*Grupo de Baxter. No fue ése su nombre. Nos sorprendió el exilio. Eramos muy jóvenes. Los que iban de escuela primaria, entraron al inglés con el esfuerzo de la nieve que nos caía inclemente. Los otros, tuvimos que salir a trabajar y, aprenderlo. Coincidimos de inicio en los cursos de idioma en New York University. Hicimos grupo. Misa el domingo, reunión de estudio: temas cubanos. Un par de iglesias facilitó espacio. Nos ayudamos. Encontrar empleo, mejorarlo. Preparar el regreso. Excursiones, paseos, fiestas. Buscar muebles, llegaban padres, familias, tíos. Conseguir abrigos, pintar paredes. Matrículas en carreras diversas. Luego, años...

Nos separamos. De Nueva York al mundo. Matrimonios, hijos, divorcios, compañeros/as. Perdimos contacto. Alguien pasó un e-mail. El correo electrónico sirvió de mensajero. Estaba en España, me avisaron. Una cita en la playa de Miami.

La vida nos había llevado de Nueva York a la Florida, a California, a Suramérica, a Madrid, a Escocia. Los apellidos cambiaron más de una vez. Decidieron: la primera vez sólo mujeres. Podríamos hablar en español. ¿Cuántas aceptarían? Quizás siete u ocho. El número fue una sorpresa. Menciono sólo los nombres de las que pudieron ir. Consulté: —Rosario, ve por los apellidos con que nos conocimos. Los nuestros:

Vivían Beato, María Estela Capestany, Miriam Cueto, Celia María Díaz, Yolanda Figueredo, Rosario Hiriart, Giralda López, Luisa Menéndez, Olga Metauten, María Elena Romero, Ilse Schwendt, Ada Suárez, Patricia Tovar, Marta Valladares, Teresita Vega, Ramona Vilela.

Muchas no pudieron asistir. Los padres de la mayoría han ido despidiéndose en el camino. Faltó una que sí hubiera acudido: Eugenia Hiriart, le tocó el viaje antes. Era mi hermana.

Baxter, la avenida donde estuvo la casita en que vivimos tres de nosotras. Allí nos reuníamos. Pasamos apuros, llegaron y se fueron novios, quedó suspendida una boda dos días antes; nos divertimos mucho; ya no existe. Un fuego o el tiempo, la derrumbó.

Post scriptum

...Se ha de tener fe en lo mejor del hombre y desconfiar de lo peor de él. Hay que dar ocasión a lo mejor para que se revele y prevalezca sobre lo peor. Si no, lo peor prevalece.

Los pueblos han de tener una picota para quien los azuza a odios inútiles.

José Martí

A modo de epílogo
2004

Hace años escribí en la página final de un libro: «...sentirse extraño o distinto en un sitio es condición transitoria. El tiempo nos obligará a enraizarnos hasta perder ese íntimo sentimiento de desterrados.[34] La condición de exiliados nos forzó a adaptarnos a diferentes lugares: algunos nos han acogido mejor que otros. En general y pido que no me interprete mal el lector no cubano, hemos triunfado; sin pasar por alto a los oportunistas de siempre.

Pienso que no puede abandonarnos el sentimiento de destierro, éste sólo llega a perderse con el regreso a la propia tierra. Con tal dolor han quedado muchos en el camino (larga es la lista de seres que llevaron mis apellidos: por cada uno siento legítimo orgullo y profunda tristeza).

«A modo de epílogo» no intenta ser capítulo cerrado, podrá quizás cumplirse cuando terminada la tiranía, cada cubano *de las dos orillas* viva/escriba en libertad. Nuestro compromiso individual y colectivo es y, deber ser, con una Cuba democrática.

---

34. Rosario Hiriart, «Sin ser un epílogo», *Albahaca*, Ediciones Libertarias, Madrid, 1993.

Espero que mis páginas dejen claro literariamente (no es otro mi oficio), nuestros legítimos derechos y circunstancias unido a un buscado propósito: que los posibles lectores de cualquier rincón encuentren en mis libros el suficiente gozo estético. Exigencia buscada más allá de lo que creo deber personal: dar testimonio de la situación sociopolítica que nos impuso el acontecer histórico.

Repito, «de lo que nos despedimos no es de un paraje o camino (éste o aquél. Uno y otro se parecen demasiado)... nos hemos detenido en muchos. Vamos todos despidiéndonos de nosotros mismos. Quizás por ello, las palabras más hermosas son casi siempre, hijas de la memoria».[35]

---

35. Ibídem.